冯骥才精读系列

感伤故事

冯骥才 \ 著

丛书策划 \ 李世跃

文化艺术出版社

图书在版编目（CIP）数据

感伤故事 / 冯骥才著. —北京：文化艺术出版社，2014.11
ISBN 978-7-5039-5891-5

Ⅰ. ①感… Ⅱ.①冯… Ⅲ. ①短篇小说—小说集—中国—当代 Ⅳ.①I247.7

中国版本图书馆CIP数据核字（2014）第246143号

感伤故事

著　　者	冯骥才	
责任编辑	董　耘	
装帧设计	顾　紫	
出版发行	文化艺术出版社	
地　　址	北京市东城区东四八条52号（100700）	
网　　址	www.whyscbs.com	
电子邮箱	whysbooks@263.net	
电　　话	（010）84057666（总编室）　84057667（办公室）	
	84057691—84057699（发行部）	
传　　真	（010）84057660（总编室）　84057670（办公室）	
	84057690（发行部）	
经　　销	新华书店	
印　　刷	国英印务有限公司	
版　　次	2015年1月第1版	
印　　次	2015年1月第1次印刷	
开　　本	787毫米×1092毫米　1/32	
印　　张	7	
字　　数	110千字	
书　　号	ISBN 978-7-5039-5891-5	
定　　价	29.80元	

版权所有，侵权必究。印装错误，随时调换。

关于读本

冯骥才

作品多了,再出版就会出选本。

虽然选本都是摘精选优,但选家不同,选目也就不一。选本有各式各样:有的是某位名家或学人选的,这便是通常所见的各种选本;有的是作家自己选的,此称自选本;再一种是出版家选的,叫作读本更适宜。

所有选本都是对读者的一种推荐,但角度各有不同。

名家学人的选本往往出于个人的文学观与偏好,同时又表现出选家的眼光、判断力与审美水准;作家的自选本应是一种自我的评介,自选本的选目肯定与众不同,因为每个人心中的自己决不同于别人眼中的自己;至于出版家的选本,都是站在读者的需求上选的,是为读者"量身定制"、专供读者阅读的,所以称之为"读本"比较恰当。

然而,读者是一代一代的。每一个时代的读者都有自己的关注点、兴趣、向往和时尚。上一代读者的阅读热点决不会是下一代的热点。出版家是依照这一代读者的口胃来选的,但它能不能为当今的读者所接受所喜欢,还要看被选的作品有没有跨时空的阅读价值。我知道,如果作品下一代不读,就意味作品生命的完结。

为此,在本书出版之际,我遂诚惶诚恐,心无根底,又束手无策,只有静候读者的评判。

是为记。

2014.冬日小雪

目 录

感谢生活 \ 1

雕花烟斗 \ 86

雪夜来客 \ 114

高女人和她的矮丈夫 \ 122

临街的窗 \ 138

胡　子 \ 163

逛娘娘宫 \ 174

楼顶上的歌手 \ 197

/感谢生活/

火车已经开过三站，这包厢的其他铺位依然空着，多半没人来，那可真要谢天谢地了！长途旅程中，没熟伴，就最好也没生伴，一个人自由自在。特别是这些年，可能由于人与人的关系变得太可怕，处处藏危伏险，一不留神就陷落下去，我便总喜欢自己陪着自己，在淡漠中寻求宁静。只有在没人的地方才自由吗？在没人的地方活着还有什么意思呢？

几小时前天就黑了，可是猛然外边射进的强光照得眼睛发花，不等弄清是对面来车还是到达什么站头时，车身"咣当"一晃，停了，直把杯中的水晃出一半。那时司机就这么停车，总像憋着多大的火气拿旅客撒。不知哪个包厢的孩子被吓醒，"哇"地哭起来。我把脸贴着冰冷的窗玻璃往外看，原来是辽河平原上的郭家店车站。但在那一根根涂满口号的水泥桩子中间，看不见几条人影；寒风把刮落的大字报团成一个大纸球似的，在月台上缓缓滚过。很快鸣笛和关车门的声音过后,再"咣当"一下就动起来。看来今儿一夜这包厢属于我自己了。我躺下来,闭掉顶灯,扭开床头的小壁灯,在半明半暗的光线里,松弛思维,放纵想象,打算任意享受一下孤独才有的安宁。忽然"哗啦"一声包厢门被拉开了。糟糕,来人了!

我忙起身开灯,没见人进来,却先拱进一个笨重的大牛皮纸箱。纸箱撂下,现出一个中年男人。我刚想和他打招呼,可他喘着粗气,脱下带着寒气的棉大衣往铺上一扔,回身又提进个破旅行包,拉锁坏了,中间用麻绳捆扎起来;还有一个绿帆布面的脏得发黑、边儿磨毛的大画夹。他把东西往里一放,赶紧回身把包厢门拉上,动作紧张得好像是个没票混上车的。他进来后没搭理我,而是扬着脸为他的大纸箱找地方放好。待他坐下来,我问他:"外边很冷吧?"谁知他好像没听见似的,又起身四下看看,再把那大纸箱挪到门上边的空格里去。我见他举那纸箱挺吃力,刚要问他是否需要帮忙,他一用劲,正对着我脸的屁股,"噗"地放了一个又粗又响的屁。我从来没见过这样不通人情、不懂礼貌的人!而且他放好纸箱之后,也没向我道歉,只用他死鱼一样淡灰色的眼睛瞅我一眼。瞅我时,眼睛一觑,好像看什么费眼的东西,真叫人讨厌极了!我预感一次不愉快的旅行就此开始了。

我决定不再搭理这家伙,头靠一边,假装打瞌睡。但这家伙一会儿也不闲着,总出声音。先是"嚓"地划着火柴抽烟,吐烟的声音好像吹气,然后听见他总在自言自语念叨着,什么"车速太慢","暖暖手吧","黑夜、黑夜、黑夜……"我想大概这家伙精神上有点毛病。后来这家伙就折腾开了,坐不一会儿就站起来,总去把那纸箱弄得咯吱咯吱响,我把眼微微觑开一条缝,只见这家伙正踮着脚把棉大衣盖到纸箱上去,完事还没坐下,又去拉开棉大衣,让一个箱角露出来,原来这箱角上有一个撕开的洞。这引起我的好奇。纸箱装着什么东西怕冷又需要空气?显然是活物。起初我以为是偷运的鸡呀猫呀鸭呀之类的东西,但为什么没有叫声?即使不会叫的兔子,也会有响动。这时,更稀奇的事出现了。这家伙回头看看,以为我睡了,便轻轻蹬着铺边上去,把嘴对着箱角的小洞,居然小声说起话来:

"憋坏了吧!忍一忍,天亮就到了!"

啊呀!这是人贩子吧!但两尺多长的纸箱绝对装不下一个人,多半是小孩吧。可他背着画夹子干吗?伪装画画好遮人耳目吗?我等他坐下来,仔细瞧一瞧他。幸好我在阴影里,觑着眼看不出是醒是睡。却见这家伙头发像一团冬天蓬乱的干草。平板板的脸上蹭上一块块灰,好像刚从什么地方钻出来的。瘦瘦的手上尽是伤疤。格斗留下的疤痕?再瞧,他从旧制服、破绒衣,直到里边的烂领子的衬衫,领扣儿全没扣。胸前一个扣子还扣错了眼儿。这副狼狈相,活像一个越狱出逃的犯人。可是细心打量一下,他浑身上下沾满颜色,新的痕迹压在旧的痕迹上边。还有种散漫的、不经意的、脱俗似的气息,不知从他身上还是脸上散发出来。他那天生的红眼边,给人一种忧郁感。一个落魄的穷画家吗?怎么坐得起软卧?又和那神秘的纸箱怎样连到一起?我脑袋里对这一切无法形成明确的判断。好奇心和一种莫名的不安,使我忍不住问他:

"那箱里是什么?"

他差点蹦起来。"你吓我一跳!你没睡着?"他惊慌失色,显然那纸箱里装着非常之物。

等他像刚才那样着意瞅我一眼后,便说:

"你先回答我一个问题,咱再往下说。"

他反而来问我。不等我开口,他进而把问题提得十分具体:

"您是作家?嗯,我没说错吧!"

"我?"我不知该怎么回答。那时,"作家"这两个字是一种光荣还是罪过?我苦笑一下说:"……以前写过东西。"

"好了！其实我第一眼就认出您来。"他顿时松弛下来，脸上的惊慌像水纹一样忽然没了，身子往后一仰说，"您不会认识我，我是您的读者。以前在报刊上常见到您的照片。连批判您的文章也读过，当然是揪着心读的……"

这几句话，似乎使我们在相互了解之前就沟通了。我觉得，我对他那些猜疑也变得毫无根据。

"你……"我想问什么。

他从衣兜摸出一盒揉成卷儿的破烟盒，从中掏出一根只剩下半截却没舍得扔掉的烟卷，点着狠狠抽两口，再用力吐出来，然后隔着面前浓浓的烟团对我说："我给您讲个故事吧！"他见我有些诧异，就用手指指上边说："您不是要知道那箱子吗？还有我，都在这故事里。我这个故事没对任何人讲过，但我愿意讲给您听……"

我从他的目光中感受到一种信赖。人民的信赖是作家最大的幸福。如果你是个严肃的作家，便会常常碰到这种令你深深感动的情景：一个陌生人，怀着虔诚，把久闭的心扉突然朝你敞开。似乎只有你才肯用心，并能够体会那中间的一切。那么，你获取的决不止于这秘密了。

这时，他已然扭头，把那淡灰色的眼睛对着漆黑一片、冰天雪地的窗外,望了一会儿,再扭过来时,便好像换了一双眼睛:炽热,逼人,烁烁发光,仿佛有种压抑不住的东西要从这眼里炸开。烟头带着火,就在他食指和拇指中间碾灭。"是这样——"他的故事开始了。这几年,风云变幻,天旋地转,以致无论怎样古怪奇特的事听起来也不动声色,谁知道世上还有这样一个难以想象又撞击人心的故事……

他答应我可以写出来。为了他的安全,我一直靠记忆把它保存心中,只有在今天才能如实地写在纸上。

一

他妈的!您别怪我开口就这么一句。我一想到过去的事,不知怎么,这三个字儿自己就蹦出来了。

那是60年代初!我在北京美术学院毕业。我是学油画专业的,不是吹牛,我是那一届公认的尖子。我认准自己一定被分配到美术馆、美术出版社或艺术研究所那些专业部门。那些部门也在争我。和我最相好的一个女同学打听到,我可能被留校当助教。我那时真是兴致勃勃,恨不得一头扎进社会里干一气。"拿着画笔向生活和未来报到!"我整天喜笑颜开地这么说。可是"报到通知单"到手一看,我傻了。上面写着报到单位：迁西县第二陶瓷厂——一个开玩笑也扯不到的地方。开始我以为搞错了。当我看见"报到人"一栏清清楚楚写着——华夏雨——是我的名字，我感到这单子黑了。我的向往、抱负、前途、计划，连同我挚爱的她，全都涂在这黑纸上了。直到我在北京站等候开往迁西的火车时，还像做梦一样，不相信这变化。为什么？这怎么可能？出什么事了吗？

当时，我怀疑这种"草菅人命"式的分配是系主任捣鬼。因为我和他的艺术观点截然相反，简单地说，他把艺术看作学问，我把艺术当作生物。我们常常弄得很僵，偏偏多数同学都站在我这边，深深伤了他的自尊心……他怎么肯留我？嘿，其实这完全冤枉了他。我倒霉的根由与他毫不相干。他妈的，叫谁也绝想不到……待会儿我再说这段吧！

命运开始折腾起我来了！让我充军到这么个鬼地方，下车也没人接，只好自己扛着行李走，越走心里越冒火，几次想掉头不去了。

可我站在陶瓷厂门口往里一看，乖乖，事情就变了。我一下子把行李扔在地上，眼前的情景将我镇住。瞧瞧！大片开阔地上摆着成千上万正要装窑的泥坯，海碗、大缸、瓶子、坛子、罐子，没烧过的泥坯有股子野味的、生性的、原始的美，粗糙、圆厚、紫的、白的。干活的窑工们都光着膀子,坚韧的脊背晒得又黑又亮。背景的大土窑,好像平涂上去的砖红色和土黄色。我从来没见过这种单纯又辉煌、雄性加烈性的颜色!生活中的颜色永远充满生气!太新鲜、太独特了!我几乎什么也没想就爱上这地方了,兴冲冲进厂报到。

厂党委书记叫罗铁牛,给我感觉像个小商贩,又矮又有点歪的身子,像个压瘪的鞋盒。他对我的态度很微妙,客气后边好像藏着什么。他领着我在窑上和车间里转转看看。工人们对我也不理不睬,个别年轻人好奇地瞥我一眼,赶紧低头干活,年岁大的干脆头也不抬。我以为闭塞地方的人对外来的大学生都有种畏惧心理。我朝他们友善又亲切地微笑。其实我又猜错了!他们对别人并不是这样。

您要是没干过陶瓷,绝想不到,那是一个怎样奇妙的世界!一个平平常常的日用瓷碗,要经过几十道工序,更甭说瓶儿罐儿的了!处处都有讲究,都含着艰辛,都藏着神秘。铸浆的小姑娘,一个月要用木桶把一万三千斤瓷浆灌到模子里去。这些车间下边都有大地灶,把屋里烤得像蒸笼,为的使泥坯快干。三伏天,热得那些没结婚的小姑娘也脱光膀子,顾不得别的了。有人说"每一件瓷器都有陶瓷工人的汗水",那种说法太空洞。应该说世界上无论多精美的瓷器都是从这里出去的!

我在拉坯车间看到一个高大壮实的老汉在做瓶子。他把一摊软泥放在台子上,脚蹬轴碌,双手一提,没见他手指怎么动,一个式样古朴、神气活现的大瓶胎就出来了。这地方的瓷器与景德镇的不同,不求匀整精细,看上去笨重,可有股拙劲,一股雄风,尤其这老汉拉的瓶子,个个赛活的,有神气、有姿态,好像安上眼就会说话! 我被他的手艺感动了,情不自禁问他:

"老师傅,您这是怎么做的?"

他对我这句实际上是赞美的话并不高兴,偏过半张大肉脸,生硬地说:

"使手做的!"

这句话像把一团泥塞在我心口上,真憋气! 我心想一辈子也不再搭理这老家伙。您别以为我真会这样,我天生不会记恨人,过去就忘了。

罗书记叫来一个细高、文气的青年,他皮肤像绸子一样光滑,见面就笑眯眯。他叫罗家驹,彩画组长,以后我归他领导了。我很高兴,因为他是我遇到的第一个热情的人。他领我去后院看"宿舍",争着抢着帮我扛行李,他说早就听说我要来,一直盼着,还要拜我为师。话里没虚假,我在美院时,也常在业余作者那里感受到这种殷切的敬意。后来我才知道,罗家驹在厂里非同寻常,他既是罗书记的表侄,又是头号秀才,人极聪明,十几岁就进厂,对各种洋彩和花釉熟悉得赛过一个老娘儿们使唤油盐酱醋,还能画素描、国画、水彩,写草书和隶书,全靠自学,在这县城,有这两下子,就算半个圣人。虽然照我看,他这些不是凭天赋而是靠精明达到的……

罗家驹指着一间破屋说:

"您别怨怪,厂里都是当地人,没宿舍。这还是几年前,会计的亲戚打秦皇岛来找活干,也是个画画的,没地方住,就住在这儿。原是里外间,那人走后就堆乱七八糟东西了。听说您来,只能先腾出外间应应急,等有地方再把里间也腾出来……"

我打量一下这屋子,真不能算是住人的。总共也就三四步见方,大小且不说,它倒像没入窑烧制过的泥坯。地是黄土地,墙上刷过一道大白也差不多掉净了。屋顶没扎糊,露着草笆和带树皮的黢黑的椽子。里外屋中间没门,用木板隔开,一种阴冷加上积尘的"仓库味儿"从木板缝透出来。简简单单几件家具,窗台上还有一层没除净的青草的根茬……怎么,您以为我很恼火吗?不,我这人倒不在乎这些。如果一座官殿和一座森林，由我来拣，我必定选择森林。因为大自然会给我无穷无尽的感受，我把它们都能变做艺术。特别是我那后窗户，外边是开阔的河滩和无声的荒野，它和我屋里无雕饰的一切，融成一种单纯又自然的美，一种诗的气息。多棒！

想想看，那时我只有20多岁，从学院走出却没有从艺术走出来的人，对周围的一切都充满艺术的敏感。一切事物，有生命或无生命的，好像都在发光、喘息、出声。连阳光、风，摇动的树影，恬静、微细、亮晶晶的浮尘，也是有感情的。您觉得吗？黑夜比白天色彩更丰富，更有感情。我感觉，自己所有神经末梢都露在皮肤外边，常常被自己这些感受激动得不得安宁。天啊，那是一种怎样的自我感动。感动才是真正的幸福！我喜欢厂里的人们，不完全因为他们干活时的场面具有画面感，我更喜欢他们狭隘又实在的性情。这性情使他们每一张面孔都大有画头。我时常对他们表现出一种难禁的冲动来。

但渐渐我感到，他们对我不是这样。除去罗家驹，很少有人同我说话，我要给他们画像，没一个同意。本来乡间的人是高兴别人给他们画像的。可他们为什么总避着我？

一天早晨，我正在水龙头前弯腰刷牙，厂里的

司机崔大脚突然抓着我的肩头,粗声大气、挺认真地问我:

"你这家伙是不是反革命?"

我给他问得蒙头转向,等我抓起水杯,漱去嘴里的牙膏沫子,他已经摇着两尺多宽的肩膀走了。

崔大脚有点缺心眼儿,但这话不像是瞎说的。我忍不住追上去问,他瞪着眼冲我挺横:"你别装蒜,厂里没人不知道,你是到我们这儿改造来的!"看他这架势,真把我当作了十恶不赦的罪犯。

我听了这话,联想到那张黑色的报到单,罗书记的假客气,一张张躲避我的脸,原来事出有因。我没有犯过任何错误呀!可是,1957年后,生活中又多了一层,就是告密。我私下对谁说过什么犯歹的话没有?天啊,谁知道自己都说过什么话。不管怎么,我感到,暗中有种东西紧跟着我,左右着我,威胁着我。心里常常产生一种恐怖感。

显然受了这东西的影响,我对周围人的感觉全变了,人家冷淡我,我就和这东西联系起来。我不愿意与别人接触,真像自己做过什么坏事,这感觉太别扭了。我渐渐对周围的一切缺少那种艺术敏感。生活好像褪色了。白天干活,下班一人闷闷待在屋里,什么也不想干,画笔干得像锥子了。偶尔又想:"我不能不画!"这样画出来的东西,没神、没魂、没气……什么也没有,完事连看也不想再看一眼。

那时我唯一的消遣和寄托,是我那后窗户。我把枕头用书垫得高高的,目光正好从这窗框穿出去。世界上任何一个窗框都是一幅画框,画框里的东西是活的。我这画框里是条灰暗、古老、沉缓的河,一直能看到它虚入天边的端头。这河床过浅,从来没有一只船,远去的或近来的。河岸是干涸的泥滩,被太阳晒得结成硬皮,龟裂成很深的沟纹;只有几处裸露出一些满是裂缝的嶙峋的石头,略略有些峥嵘。所有的草都是先天不足,没绿就枯黄了;河岸从堤坡向两边延伸,渐渐软化,烟一样散开,成为一片苍凉的、泛着碱花的茫茫荒原。这荒原的一边消失在雾气里,晴天赤日时,也看不见际涯;另一边在二十多里远的地方,给一条黑压压的林带截住。这林带是条神秘的墙。鸟从那上边飞来,带来一阵撒野的狂风暴雨,乌云从那边飞走,就洒下一片玻璃般晶亮的阳光,地上的一切都睁开眼了。鸟儿从那上边飞来时,就给这窗框里寥廓荒寂的景色带来一点声音,一点活气,一点自由自在的联想,一点悠然自得的心绪,一点点安慰;鸟儿从那林带上远去了,我的心也被带走了,带走了。

谁来跟我做伴,谁愿意走到我这灰色的生活中来?

二

来厂后一个来月吧,那是个公休天。我死睡个懒觉,起来推开门,一个意想不到的、奇特的形象跳到我眼里,吓我一跳,一只狗,黑狗!它给我的感觉,挺凶,挺壮,通身黑毛,以致看不清面孔。脑袋两边各垂一片挺大的耳朵。半张的嘴耷拉出粉红色柔软的舌头,随着呼呼喘息,滑溜溜颤动着。凶猛的狗才这么喘气。它不吼不叫,像一个很有身份的武士,威严,老练,一动不动蹲在那里,雄赳赳张开胸脯上绒样的长毛。我要出去打热水,提着暖瓶几次迈出门槛,都给它严厉的目光逼回来。我们这样相持十分钟,它根本不打算退让。我便试图绕开它走。根据我小时在乡下的经验,对狗,你愈不理它,它愈不招你。但这狗分明是专找我来的。我出门,它不动,我往旁边走两步,它立刻起身,不慌不忙走到我前面两步远的地方一蹲;我想从另一边走出去,它又这样把我拦住,说什么也不叫我出去。我被困住了,手提空水瓶,不知所措地看着这狗,不知它要干什么。忽然前边传来一阵开心的笑,原来缺心眼儿的崔大脚倚着车库的砖墙,看我的笑话。我被激恼了,撂下暖瓶,朝这狗叫道:"你盯着我干吗？我打你了！"回身操起门边的长杆扫帚。这时听到一个苍哑的喊声：

"别动手！"

罗长贵——就是头天到厂，给我钉子吃的那个拉坯老汉，从一边走来。他朝这狗呵斥一声：

"滚开，黑儿！"

狗只往后挪了一尺。我把罗长贵让进屋，这老汉头次来串门，我想给他沏茶斟水，但是……我尴尬地指指空暖瓶，又指指守在门外的狗。罗长贵笑着说："甭怕它。这是条野狗，不常来，说不定一会儿自个儿就走了。"

"看样子倒不像野狗。"我说。

"噢，你蛮有眼力，怎么看出来的？"

"凭感觉。"我说。这三个字儿可是艺术学院的学生们总挂在嘴边的。

罗长贵皱皱眉。

"怎么？"我问。

"没什么。它确实是条家狗。原先给二道街一个油匠养着。那时一身毛好亮，油匠说他给这畜生刷了一道油。前两年度荒，粮食紧，这畜生太能吃，实在喂不起，就下狠心送到一家木材厂。谁知送去后，油匠回到家，这畜生反比他回来得早。二次下狠心，又把它远远送到城外的砖厂去，拿条链子把它拴在升降机的架子上，怕它再跑。可是一天夜里下大雨，这畜生居然又回来了，浑身淋得精湿，脖子上还挂着半挂链子，后脖梗子上都是血，硬把链子挣断了呗！这次它回来，一头扎到铺底下，怎么叫也不出来，给东西也不吃，好像知道为嘛把它送走的。直到饿得快断气，才肯吃东西，却从不多吃，饿极了到外边找食吃，决不在家偷嘴，你说这畜生灵不灵？"

"它怎么成了野狗？"这狗的命运像磁石一样，有力地吸住我。

"那是去年，油匠一家迁到唐山。人家大城市不兴养狗，油匠就拿酒把它灌醉，甩下它走了。它醒来没了家，成了野狗，成天乱跑，经常入户偷吃的。它常到咱厂里来，食堂后边不是总扔着剩骨头剩菜吗？开头崔大脚往外轰它，后来它咬住一个偷瓶子的贼，算有点功，大伙儿也就不轰它，要来就来，要走就走。"

"怎么没人养它？"

"先前咱罗书记倒想养它，它不跟。大概那油匠待它太无情，它不信人了！"罗长贵意味深长地笑一笑。年岁大的人，笑里边总沉淀着某种东西。"再说家畜一野，很难改回来，挺好的一条狗，完了……"

"它叫什么?"我问。

"黑儿!还是油匠给它起的名字。"罗长贵说。

我瞥一眼黑儿——这条命运坎坷、性情奇特的狗,我对它的感觉全变了。这毛茸茸动物身上,包藏着多少令人感慨的人生内容!这哪里是一条狗的遭遇,多么像一个人的遭遇!

"黑儿,过来!"我朝它叫,已经丝毫不怕它。我的声音那么亲切,像是对一个人。

我敢说,这狗绝对是非同寻常的、通人性的。它一听我的声音,浑身一抖站起来,原地颠颠儿转两圈,又蹲下来。这时它不再带着那股凶厉的劲儿了。

"甭搭理它了。人家都兑你的画不错,我今儿是来看画的。"罗长贵对我说。

我知道他的来意后,真有点惶惑不安,甚至还有点受宠若惊呢!

您很难想象,陶瓷这行保守得多厉害!为了手艺秘不外传,我们厂一百多人差不多都姓罗,外姓人很难待住。除非像崔大脚这种缺心眼儿又不沾陶瓷,不受排挤。厂里的高人只有罗长贵和罗家驹。罗家驹那种精细的画瓶,我没兴趣。罗长贵的绝活是拉坯和使花釉,都使我着迷。尤其花釉,使上去一个样,烧出来一个样,颜色像进入幻境,不可捉摸!什么味道、意境、感觉都可能出来。有时抹一条鱼，点一些浮萍，窑里的温度过高，出窑后，那鱼瞎了，变成一条船影，浮萍变成一片繁密的大雪花。我在古画中也没见过这样高深玄妙的境界！

我想跟罗长贵学艺，不愿在彩画车间天天勾蓝碗边，我担心罗家驹不高兴，谁知他笑眯眯答应了。我到罗长贵的车间来，头天就给我一个下马威。他叫我把一个刚拉好的三尺多高的大瓶胎抱到一边。我为了表示认师的诚意，上去卖力气一抱，"噗"，大瓶像大蛋壳瘪了，摊在台子上，我失去重心，栽在上边，满身沾的都是泥！车间四处发出笑声，真狼狈！老汉不声不响把台子上的泥很快团起来，转眼又拉出一个大瓶，大小形状，和我抱碎那个一模一样。然后他两手捧着两边，一下子，把这几十斤重的大泥瓶神话般拿起来，走两步放在我身边，什么话没说就走了，叫我和这泥瓶并排傻站着。

我可怵透他了。生怕他看不懂油画，以后更瞧不起我。便把在学院上国画课临摹的宋元山水花鸟画都翻出来给他看。奇怪的是，他更注意那些讲究色彩、变形较大、主观色彩更浓的油画。他开始用一种猜谜般的神气看，一直看得脸上的皮肤渐渐变软。忽然他"啪啪"拍两下画布，他每次烧出一个好瓶子，也这么得意地拍两下。

这时,我忽然发现门口那狗没了,再一瞧并没走,它在门口,身子躲在墙外,露半张脸朝屋里怯生生张望。好像一个孩子!这情景惹起我一阵怜惜的、亲切的、温柔的情绪。叫它也不进来,我要去抱它。

罗长贵拦住我说:"它整天在外野,脏极了。"跟着他皱皱眉说,"奇怪,它是不愿靠近人的。多半你这儿有油色味,和油匠家的味儿差不多……"

是挺奇怪,打这天起,黑儿就常来了。我猜不透它为什么来找我。尤其公休天准来——它居然能记住日子!我在屋里做事,扭头只见它在门口探进来半张脸。显然它想跟我亲近。可是我无论怎么招呼它,拿吃的引它,它也不进来。我愈加劲,它愈不肯进门,只是阳光把它发蓝的影子投进来。看来我们之间还没建立信赖。有这么一句话:不幸者不敢相信人。难道狗也这样?

我想个办法。它来,我就像见到老朋友那样朝它点点头,然后支起架子画画,不瞧它,以免它起疑。有一次,我连续画了一小时没动弹,也不再瞧它,但我确信它就在门口。我坚持画下去,直画到两个半小时,忽从眼角看见它蓬松的影子一点点挨近我。我的心突突地跳,生怕手里的笔滑落下来惊跑它。跟着感到一个毛茸茸、有分量的东西倚在我腿上。天啊,我们紧挨着。我强按着心头的激动,画、画、画,直画到阳光从门前移走。我累了,从来画画没这么累过。低头一看,它靠着我的腿甜甜地睡着了。当然,这甜甜的,也是我心中的一种感觉。

从此,我有了一个伴儿。

但它毕竟不是家狗了。不肯总待在我这儿,有时一去十天半个月,不知去什么地方,干什么。它每次都到了十分想念我时才来。您别以为这是我多情,它一来就用脑袋亲热地拱我的腿,咬我的裤脚,舔我的手。白天跟我玩,晚上就睡在我脚边。外边有点动静,它就警惕地出去转两圈,或者干脆一夜守在门外。黑儿是条极聪明的狗,教它什么会什么。我教它开门,只几次,它自个儿就会按门把,进出自如。我叫它"抬左手",它就把左爪子给我;我叫它"抬右手",它就把右爪子抬起来。它从来不找我要吃的。当然,只要食堂卖排骨、烧蹄子、酱杂碎,我总买一份留给它。它找我决不是为了吃,决不是!我抚摸着它的头问:

"你干什么总来找我?"

它直怔怔看着我,不出声。好像对我说,你完全应该知道。

三

命中注定，我还要有一个更热烈、更亲密的伴儿。这伴儿一出现，黑儿马上退到次要位置。她叫罗俊俊。我们一下子就相爱，一下子就结婚，事情快得像闪电，而且像闪电刷地照亮整个天地，连最浓厚、最阴郁的云层也照透。

那是个黄昏。罗家驹忽然带来一个姑娘，说是县城第一中学的美术教师，慕名拜访我。

她给我头一个感觉是块朦胧的暖色。这感觉挺奇妙。尽管她细溜溜的长腿，又尖又圆肉感的小下巴，又宽又鼓的脑门，我都看到了。但她给我最新鲜、最独特的感觉，是她全身没有一条线是清晰的。轮廓也模糊，好像从背景上都抠不下来。她能融在任何背景上，周围的颜色、光线，以至空气，顿时都随着她变成一幅美妙的画……

记得那天，我手忙脚乱拿画给她看，说了许多话，这些话我一句也不记得了。我只感到自己的嘴很小，很多想法吐不出来，那些想法就像蜜蜂在蜂箱里嗡嗡乱转。她几乎什么也没说。一种春天化雪时溪水纯净的光，在她那双毛茸茸的眼睛里闪烁出来。她的睫毛又长又软又乱，看上去毛茸茸。她走后，我就用朱红、熟赭、土黄和群青，调出一种特殊的暖色抹在灰暗的墙上。这颜色就是她，如梦如幻地融在墙壁上。我整整一夜看着这块颜色发怔。

那天，罗家驹虽然坐在一边，我好像忘记了他的存在。此后，罗俊俊不叫罗家驹陪着，她自己来，带画给我看。据说她自小生活在青岛，父亲遗弃了她和母亲，母亲死后，青岛没有亲戚，她就到这儿随姑姑过活。她曾经在青岛工艺美术学校上过两年学，但从她的画看不出一点专业的东西，几乎没有基本功，甚至还带着女孩子瞎涂瞎画的成分。但她的感受很好。她把这些稚嫩的画面里蕴藉的意图解释出来时，极棒，极妙！她不缺乏细胞。我最不愿意跟那些只有技巧却没有艺术感受力的人说话，你把嘴说碎了，他依旧大眼瞪着你发傻；对罗俊俊，你只要把心里那些感觉，不管多微妙，不管多么不可捉摸，稍一说，她就能完全意会到了。后来我知道，她像许多充满幻想的姑娘一样，狂热地喜欢诗，喜欢文学，尤其是屠格涅夫的小说。她时而觉得自己像丽达，时而又觉得像阿霞。她带着这种自我感觉，走在县城大街上不是挺可笑吗？她这些气质是在诗情画意的青岛，在海鸥和小别墅中间，在她原先那个工程师的家族里培养出来的。我居然能在这个闭塞得像个密封罐儿的小县城，碰到这样一个姑娘，简直是奇迹了！

我觉得是命运先把她安排到这儿，又把我安排在这儿，再叫我俩碰到一起。

我给她改画时，她拿一个矮板凳坐在我身边，她的目光渐渐由画面移到我脸上。那双毛茸茸的眼睛发呆地瞅着我，惊讶，崇拜，激动，迷惘，好像睁眼做梦……很快——至多五六次之后，她与我熟了，性格中更迷人的另一层表现出来了。她给我唱歌，背诗，还跳舞，我坐着，看她像小孩撒欢似的，率真地、开心地连唱带跳。我的心像春天的原野一下子全绿了。

她喜欢创造一种小说里那样的气氛，来感动自己，她还要把我也拉进去，一起去创造和享受这种气氛。她爱靠着我的肩膀，喃喃地自言自语地说一些充满艺术想象的幻想；她还爱穿一件新做的小花褂，趁我不在屋时溜进来，找一个光线迷离的角落站好，等我进门，忽然像发现一幅画那样发现她。艺术比生活美。但如果生活像艺术那样，我宁肯不要艺术了！她使我重新感到生活的魅力。世界重新变得五彩缤纷，万物浓缩为各种颜色的原汁，活喷喷流泻在我的调色板上。我的笔杆也热起来。一阵阵盲目的绘画冲动，使我半夜从床上跳下来，支起画架。但这一切来得太猛烈，我还缺乏艺术所必要的那些理性，拿着笔根本不知要

画什么。一天晚上,她待得挺晚,天下大雨。我说:

"我送你回去。"

她的眼睛直视着我说:"你轰我?"我一看她的眼睛,赶紧躲开。她目光烫人!那是多么伟大的画家也画不出来的一双眼睛。这眼睛在燃烧。

"你为什么不看着我?"她的声音微弱却强烈地抖颤着。似乎她怕什么,又分明要勇敢地去攻取她所胆怯的东西。

"天太晚了,我怕人说你……"

她忽然一把抓住我的手腕,猛拉开门,把我硬扯到当院。在哗哗大雨声中,她叫着:"叫他们来看吧!我们爱怎样就怎样!"跟着仰起脸,把滚烫的、抖动的嘴唇,使劲按在我嘴唇上,怎么也不松开。任雨水从我俩紧紧吻在一起的嘴唇上浇下。凉雨浇着发烧的嘴唇,那感觉,真是奇特又强烈!

我用了很大力气才把她拉进屋。她已满身浇透,湿发贴在水淋淋的脑门上,目光依旧火辣辣看着我,她不甘心进屋来!我再受不了这年轻女人主动、狂热、勇敢的进攻。蕴藏全身所有细胞和血管中的一种欲望,全都鼓胀起来,完全失去自制力,胆子突然增加一百倍。当我把她拥抱在床上,她用那双柔软的小手捂住脸。她把一切都交给我了……

我可不是个荒唐人。在学院,我和那个相好的女同学在一起,规矩得像呆子,最多轻轻挨一下脸,就像触过电一样赶紧躲开。不知为什么这一下子就"出境"了。

第二天,我们开始办结婚手续。表面看没人反对,但办得那么别扭。不是找不到开证明的人,就是公章锁在抽屉里拿不出来。罗俊俊一连三天没来。头天没来,我等着,转天没来,我就不安起来,第三天我打算去找她。但我们的事情发生得这么快,还没见过她姑父和姑姑。听说她姑父在县供销社卖文具,人很倔。她碰到什么麻烦了?岁数差得大点?

晚上她来了,依旧有说有笑,却不提办手续的事。我发觉她的快乐有点造作,眼圈浅浅发红。我问她出了什么事。一朵愁云罩在她那美丽的小脸上。她说:

"我只问你一句,你曾经犯过错误?"

"没有,绝对没有呀!怎么回事?"我觉得这话并不能松开她的眉心,便问:"你不信我的话?"

她把头靠在我肩上:

"原谅我,不该这么问你。我相信你是好人,我不会离开你的!"

这话使我惊讶。她为什么这样说?

我这人真是糊涂透顶。两个无形的艺术感觉容易连在一起,为什么偏偏不能把她这句话与崔大脚问我的那句话联系起来。

这样,她一连十天没来。这十天,每一天好像有八十个小时。一天比一天时间更长。我有种被抛弃的预感。世界空无所有了。

第十一天,她的声音却忽然从后窗外传来,只见她站在窗框中间那一片开阔的野草地上,朝我招手,鲜黄的小褂在阳光下闪烁。我跑去,她用手指着叫我快看。绿草上有一片刚摘下来的矢车菊的花朵,铺成一尺见方的正方形。她打手势示意叫我拨开这些花,表情快活又神秘。我轻轻拨开这些黄澄澄的花朵,下面一张纸。哈!原来是她从学校开出来的结婚证明信!我举着这张油印的、难得的、香喷喷的证明信,一下子跪在草地上——是啊,我给这女人可爱的个性感染得要发狂了。她斜卧在草地上,对我说:

"如果我死了,你就这么埋我。这野花和我一个颜色。你必须用它盖在我坟墓上边……"

我用手捂她的嘴。

她掰开我的手,认真地说:"没那么便宜。埋完我,你必须自杀!"说到这里,她莫名其妙掉了泪,劝她也不顶事,随后她自己笑了,从我手中夺过那证明信,围着我又唱又跳,像只小羊,还一个劲儿叫着:"我们胜利了！"那毛茸茸的睫毛上挂着泪珠，像青草上细小的露珠。"胜利了，你还不庆祝？"

我点头，笑，但不知这"胜利"对谁而言。

我俩的婚事几乎整个县城都知道。这时我才知道，俊俊为了嫁给我，同她姑父闹翻了，也深深伤透她姑姑的心。姑姑没孩子，待她就像亲闺女；但俊俊这一切全不要了。这使我加倍爱她。听说，俊俊的姑父反对我们婚事跟罗家驹有关。这是为什么？如果说当初我在彩画车间时，与罗家驹有一点潜在的紧张，可我去了罗长贵那组，我俩的关系没有丝毫冲突。我忽然想到俊俊第一次来我家，是他带来的。难道他们……我渐渐悟到这里边的原因。

我把毯子盖在我和俊俊头上，说：

"这里边只有咱俩，屋里的桌子椅子也听不到咱们说话。告诉我，罗家驹喜欢你吗？说实话，欺骗是有罪的。"

没有她的声音，只有她肉体散发出的特殊的温馨的气息。她没否认。

"你喜欢过他吗？"我又问，"更得说真的。"

她停了一会儿，没回答我，却说："我只爱你，爱你！从现在到永远永远……"她说得很急促，不等我再说什么，猛地搂住我，用她的小嘴使劲把我的嘴堵上，很久很久没有松开。在黑乎乎、什么也看不见的毯子里面，她没有错吻我的脸颊或下巴，而是一下子吻在我嘴上。她的一切感觉都是这么奇妙和准确。

这样，我觉得，我和罗家驹的关系就无形地紧张起来了。但罗家驹总那样眯眯笑，连眼珠都很难看见，更不知道他的心思。他碰到我还打趣地说："你结婚时，我可去闹新房呀！"他这么宽宏大量？我真有点被感动了。

我现在要尽一切力量，让我一生中最幸福的一天，过得幸福。我请求罗长贵允许我按照自己的喜好烧几个盘子。罗长贵很开面，答应了。这对我可是格外优待，厂里的陶瓷一向只能照规矩做。我以长时间对花釉的性质、性能、效果的观察，试画了八个盘子。先用装饰变形方法画一个"猴骑牛"。俊俊属猴，我属牛，我想拿这画盘逗俊俊，叫她看，她是怎么跟我调皮捣蛋的。其他七个盘子，我干脆把几种花釉倒在一起，凭感觉用竹片勾出一些图案或半抽象的图形，有个盘子索性搅成一个旋涡。我不叫这旋涡中心在盘子正中，给它一种不稳定的动感。我把这些盘子装进窑时，不知会烧出什么样子。

您知道，瓷窑是一个巨大的魔术箱。瓷器装进去就得由它再创造。几百度到千度以上的高温，一烧几十小时,甚至几天。开窑拿出来,乖乖!出奇的成功,悲惨的失败,绝世的精品,成批的废物都会出现的!有的惊叫,有的狂喜,有的掉泪。一件瓷器一条命,谁知谁是什么命。多高的能耐也得随着命。过去开窑那天老瓷工们都得烧香求菩萨的!

我这八个画盘开窑正是结婚那天。人都说这喜气冲到盘子上去了。一掀开那热烘烘的匣钵,傻了!天底下还有这种奇迹!原来世界最辉煌的艺术创造中心就是这黄土红砖的大窑!你放进一个梨核,它也能给你烧出一件绝顶高贵的艺术品!

那"猴骑牛"盘子,就像涂了厚厚一层油,光滑透亮。原先设想的白猴,竟变成金黄色,正好是俊俊那小褂的鲜黄色,釉彩向四边散开,天然形成绒毛的感觉,一只灿烂的金丝猴!事先打算烧成深黄色的大牛,从窑里出来变成花牛,上边因氧化不匀,白底子上出现几块黑斑,形状和部位都恰到好处,尽心画也画不出来。多漂亮的大花牛!衬底的釉色烧成一种幽深的蓝色。亮堂堂托出猴和牛。尤其这小金丝猴正给大花牛戴花,花儿颜色极淡,极柔,极娇嫩……就像一朵摆上去的鲜花。我哪里会想象出这样绝无仅有的艺术效果。其他那几个画盘,也个个令人叫绝。尤其那搅成旋涡图案的画盘,几种釉彩变成上百种,简直是色彩的大旋涡。你盯着它,就觉得自己往世界的深处走去。沉雄又壮丽,我无法描述出那种不曾见过的境界。这简直叫我美得发狂了!

华夏雨!华夏雨!我对自己暗暗叫着,你不是一直寻求能够把自己所有创造力都投放进去的一种富于张力的工作吗?你不是认为只有充满偶然艺术效果的地方,才能把艺术从黄金律那些最坚实的铁链中解放出来吗?你不是认为只有真正的前所未有的艺术独创才能打败历史上那些闪光的巨匠?你不是认为绘画工具是对绘画本身的最大束缚?今天你竟一下子把这些都解决了!

你发现了一个世界。这个世界如此广阔。

"整个世界展现在我们面前,期待着我们去创造,而不是重复。"

我心中响起这句话。毕加索的话。我面对这几个画盘,半个小时说不出话来。

罗长贵走来,他一见这画盘就怔了,一句话没说,拿起那个彩色旋涡的盘子,转身走了。晚上我结婚,他换一身干净衣服,手托着一个布包包,打开布,又揭开几层旧毛头纸,递给我一件瓷器。素白的荷叶洗子!一看就神韵非凡。荷叶一边上卷,另一边向下弯,仿佛摇曳翻卷的一瞬,那风吹叶动的感觉生动至极!

它通用白釉，只在上面画几道洗练的叶筋。釉质细得像玉，翻过来一看却是缸底，粗粗拉拉，还有疙瘩。粗细对比，粗犷又秀雅，飘洒又沉静，那可是在博物馆也见不到的。这是罗长贵多半辈子烧出的几件珍品之一。

他瞧着我的眼睛，似乎瞧我识不识货。

桌上有许多瓷器，这儿喜事送礼都讲送瓷。俊俊的陪嫁，压阵的也是一对祖传的青花穿带瓶。

我将罗长贵的茶叶洗子往桌上一摆。所有瓷器都黯然失色，唯有这洗子卓然不群，带着风韵和意境。可真叫绝啦！

我的兴奋使罗长贵感到了。他说："送你留着玩吧！"那一晚他都挺高兴。

厂里的工人们待我还好，他们把里间屋也腾出来。别看墙破，我把画挂满四壁，风景，花卉，静物……我的新房拥有整个天地。

罗书记今天没来，他说要去县里开会，这像是一种推辞。俊俊的姑父姑姑几次去请也没请来，这是我们婚事中最不快活的事。罗家驹带来一个姑娘，县委办公室主任曹加喜的二闺女，长得不错，罗家驹显得挺神气。这样，对我们两人反而是种平衡，互相都自然得多了。可是，俊俊兴高采烈地把我那几个画盘当众摆出来,罗家驹惊呆了。特别是崔大脚借着酒劲,叫着:"嘿!咱整个瓷区也没见过这种绝活!"罗长贵没吭声,也没不高兴。罗家驹的脸好像涂了一遍胶,紧紧绷绷,故意不瞅画盘,似乎没当回事。当大家逗俊俊,不注意他时,他忍不住瞅画盘一眼。我很经心我们的关系,所以留意他。他来时提着一个鼓鼓囊囊的袋子,看意思他想送我一件瓷器,这一来他没拿出来,又提回去了。直到走时,他脸皮也没松开,反正他心里不痛快走的。

别人不高兴你有能耐,那是最不好办的事。

好在那天我太幸福,什么阴影都不会遮住我的心。我得到俊俊,还有画盘,这两样都像无边无际的大画布,心中所有美好的东西都可以恣意涂在上边。天啊,我赢得的是什么呀!不是全部生活和整个世界吗?我相信,那天晚上我绝对算得上世界最幸福的人。

一个司机曾对我说,开车在道上有时怪得很,碰上一个红灯跟着就一串红灯,想快也不行,那才霉气呢!可有时,处处全是绿灯,畅行无阻,四通八达。那么在人生的道路上,我现在碰上的都是绿灯。

这天闹得很晚,送走客人,俊俊刚要去插门,门把儿忽然一动,开开一条缝,一个黑乎乎的东西进来。俊俊吓得大叫,扑在我怀里。我一看,哟,是黑儿来

了!也赶来给我祝贺婚礼吗?我告诉俊俊别怕,这是我的朋友,并告诉她我和这狗结识的经过,然后说:

"它在我最寂寞的时候,自动来和我做伴的。现在有了你,虽然能填满我的一切,但总不能扔掉老朋友吧!"

俊俊给我逗笑了。她光滑的胳膊勾着我的脖子说:

"我只要你,别的我都不管!"

我就对黑儿说:

"怎么样,听见没有,我这个老婆够意思吧!过去这儿是咱俩的家,从今儿起是咱三个的家。我和她住里屋,你住外屋,行吗?"

黑儿进来时还有点怯生。它听我说话,不甚明白地瞅着我,然后走上来用那黑乎乎的鼻子闻一闻俊俊,高兴地摇起尾巴来。显然,它同意照我说的做。我便在外屋一角铺块画画用的旧毡头。它立即趴上去,服服帖帖、安安静静地睡了。从此,它只要来就睡在外屋,我依然像以前那样待它。公休天,我画画,俊俊忙着家务,黑儿还能帮着把扫帚、蝇拍、铁壶和炉盖叼来叼去。多圆满的生活啊!但我时时有种隐约的不安。不知这是幸福的人都会产生的那种无名的忧虑,还真是什么不幸的预感。

您是作家,对预感这玩意儿肯定有高深的见解。

随您怎样解释,您也得承认,它常常能够灵验的。

四

我们那小县城的政治色彩一向很淡薄。相当一些人连中央的领导人的姓名都说不清楚,只知道北京在"南边",对首都的印象就同普通八分邮票上的图案差不离儿:天安门和那根缠龙的柱子。1966年7月份忽然大街上使劲敲锣,人们以为出了什么大急事,跑出来一打听,说是"十六条"下来了。很少有人知道"十六条"是怎么回事。敲锣的人就说,都得排好队走一圈。大家就乱哄哄在城里走一圈。随后厂里开了会,墙上刷几条大标语,以为闹腾一阵就过去了。我吗?历次运动都不沾边儿。我只对色彩、生活和美有兴趣;对这些你死我活的事,向来是局外人。谁知这一次大大地特殊了。

那天,我正在窑前,等一批新试验的画盘出窑。自打我结婚那天搞出八个盘子,罗长贵就放手叫我干画盘了。一个和我不错的小伙子,悄悄趴在肩上说几句,我不信,只当他吓唬我,找个乐儿。谁知到前院一看,聚着一些人,还有几个年轻人在贴大字报。他们见我来纷纷避开。这里的人不习惯搞运动,连那几个贴大字报的年轻人,也不叫我认出他们是谁,赶紧掉头走了。我感到空气有些发紧。一条大标语跳进眼中:"挖出漏网大右派华夏雨!"再一看,没错,还是华夏雨!我蒙了。哪的事儿?右派不右派与我什么相干!反右时我像海边远远一个小石子,浪花也没溅到我身上。我想仔细瞧瞧大字报上写的什么,是不是搞错了。但我两眼的焦点并不到一起来。只看见东一个、西一个吓人的字眼。我强使自己镇静些,但在大字报上看不到什么事实。我赶紧去找罗家驹。他在一周前被县委宣布为我厂的"文革主任"。厂里大小会都由他召集和讲话,罗书记像瓷罐摆一边。那时叫"靠边站"吧!

罗家驹不在车间画瓶子,他搬到一间平房办公。来不及挂牌子,只用黄纸写上"文革办公室"几个字贴在门上。我一推门,里边七八个人挤在两三张桌子旁,好像在写大字报,翻材料。他们见我一怔,有人马上掉过屁股挡住我的视线,不叫我看见他们在做什么。罗家驹迎面走来,用平板一样的胸脯把我顶到屋外边,随手带上门。我问他院里的大字报是怎么回事,他干巴巴的声音像摩擦瓷片:

"你自己的事干吗问我?"

他不像平常那么笑眯眯,我头一次看见他的眼珠,非常小,灰蓝色,但比黑眼珠还亮,目光前边好像带一根刺,直扎向你心里去。

我的心完全乱了。只想回到房间静一静,走道两旁又贴出不少大字报,糨糊湿漉漉的痕迹还浸透过纸面来,墨汁汪着亮光,还有种廉价的臭墨味儿。每张大字报上都有我的名字。我从来没害怕过自己的名字。它们好像枪弹,四面八方朝我射来。

我突然想起,前几天罗家驹的态度就有些异样。他总躲着我。其实,一个人想害你,他反倒怕你。他在有意和我疏远。我又想起,大前天中午下棋时,几个小伙子起哄要我和他比比高低。下棋时他不跟我说话,却借着棋步反反复复地说一句话:"你该死啦,就怪不得我了!"这句双关语表示他要下狠心吗?为什么当时我没多想一想?话又说回来,我毫无问题,怎么可能对这种话敏感呢?

我走着想着,忽然撞在一个人身上,好像撞在一堵墙上。是崔大脚!他直眉瞪眼冲我叫:"我说你是反革命吧,你还装傻,人家罗家驹从来不骗人。等着瞧,我非革你命不可!"说完一脚把一棵小杨树踢得哗哗直抖。我一直觉得这愚鲁的人身上有股野性,好像要往外发泄了。

我不知这横祸由何而来,也不知将会怎样,但觉得自己有种任人宰割的滋味。

晚上,俊俊站在我面前,脸色煞白,我俩很长时间谁也没跟谁说话。那时,时间仿佛没有长短了。忽然她问我:

"你为什么骗我?"

这又像责怪,又像质问。

我受不了自己倾心相爱的人这么问话。"骗"字是个多么可怕的字。我怎么能骗她。爱,不就是把自己全部交给对方了?

"我没骗你!我自己也不知道怎么回事。反右根本没我的事。我的话全是真的,相信我吧,俊俊!"我每一个字都认认真真地说,就像我画画时每一笔那样。我还告诉她,"我担心有人害我,我想不出这会是谁。我有点怕,是的,俊俊,我很怕!"我好像听见我的心在哆嗦,突然变得很软弱,流下泪来。

她把头靠在我肩上,抬起毛茸茸的眼含着微笑说:"无论你怎样,我都跟着你。你挨斗,我就站在你身边;你入大牢,我就天天给你送饭;你被枪毙埋起来……我瞎说呀!我就挖个坑,找到你,躺在你旁边。只要你不把我扔出来就行……"这柔情,这真挚和忠诚,抚慰着我撞疼的心。我像四面受敌时,忽然背靠在一面墙上。这面墙牢牢在背后托护着我。"我给你唱支歌好吗……"她便轻声哼哼起一支曲调。

我的心陡然松开了。话也轻松一些。

"我不怕了。你更不能怕,咱们的小宝宝还在你肚子里呢!为了他,我们也得坚强些。"

确切地说,我这是给自己打气。

她朝我笑着频频点头,口中仍哼着那支歌。她用歌声驱逐我心中的烦恼与忧虑,给我安慰和温暖……我没听过歌声可以包含那么多内容,听着听着,我感觉这歌声有点苦,有点伤感和凄凉,隐隐像在悄悄啜泣。我忽然难过起来,内疚起来,心想叫这么一个好女人跟着自己担惊受怕,真不该!我胡思乱想起来。想到我被弄到遥远的北大荒劳改,她自己就在这小屋里孤独过活,在昏黄的灯光里,哼着这支歌等着我;或者若干年后,领着我们的小宝宝踩着漫长泥泞的、混着雪水的路,找我去了。一路反反复复哼着这歌。我在守林人住的小木屋里听到这歌声,跑出来,把她,把孩子,都抱起来,她毛茸茸的睫毛上凝挂着细小的冰珠,我的好女人!

歌声没了,幻想散了,她靠着我睡着了。我们一直没开灯,屋里漆黑,月亮从后窗户照进来,清冷的月光投照在她熟睡的脸上,光滑可爱的脸蛋那么苍白,嘴角还挂着一点点笑。我忽然想到我们都没吃东西,却不敢扰醒她。她睡得好香,把全身重量都压在我的半边身上,以致我感到我们未出世的小宝宝在她肚里偶尔一动一动,惹起我一种将要做父亲的幸福。感受到这种幸福,我彻底松弛开,感到了困倦,迷迷糊糊似睡非睡时,忽然产生一种奇想,多么希望一觉醒来,这一切原来是场噩梦,并不是真的。

过去,我总是希望把梦变为现实,头一次希望现实变为梦。

不是真的,不是真的,不是真的……整整一夜,这几个字混在一团无形、破碎又沉甸甸的梦里,第二天醒来,现实变得更糟。俊俊去学校不久,后院也贴满我的大字报,把我的问题详细公布出来。都是我对五七年反右斗争不满的话。真叫我吃惊!每一句话都像我说的,口气也像,但怎么也想不起对谁说过,谁揭发的呢?如果真说过,还不早打成了右派?可这的确又都是我当时的想法,想法别人怎么能知道,难道世界上还有挖人思想的探测器?

不容我申辩,各个车间班组纷纷贴大字报对我的问题表态。我想回屋躲一躲,只见门上贴一张大白纸,警告我必须服罪。下边署名是赤卫军,也不知这赤卫军是哪儿来的。我的名字像被判死刑的囚犯的名字,用鲜红的笔粗粗打上大十叉。情况使我不抱任何希望了。

这天，很晚俊俊还没回来。我真担心，却不敢出去，怕人误认为我要逃跑。厂外边到处都在揪斗，乱糟糟喊杀叫打，呼口号声，远远近近此起彼伏。焚烧"四旧"的浓烟，带着纸灰到处飘飞，有的像大雪片一样飞进我屋里来。这阵势来得比五七年更凶猛。平静得如同山林般的小县城，好像有种"神经错乱菌"传进来，人人都疯了。我想到俊俊说过她学校的学生已经闹起来，愈等心里愈没底儿，屏住气听外边有没有她回来的脚步声。

没听见她脚步声，她却站在门口，那样子吓我一跳，脸刷白，嘴唇也是白的，眼圈发黑，头发挺乱，她的小辫被剪掉了！一副垮掉了的样子！

"你、你怎么啦？"我问。

她没回答，反来问我：

"院里那些大字报写的是不是事实？你不能再瞒我了！原来学校的红卫兵不准我回家。罗家驹到我们学校说，我确实受骗了，才放我回来，红卫兵叫我必须劝你交代。"

"我怎么交代？我承认有过那些想法，但我并没对人说过呀！我跟你说过，我对政治没兴趣，从来不跟别人瞎议论。"我说。

她一听就倒在床上哭了：

"完了，全完了！你还骗我！你没说，别人怎么知道的？"

我只能看着她哭，哭得没劲了，就直着眼盯着屋角，一动不动坐了一夜。她毛茸茸的睫毛中间好像没有眼珠了，只有一对空空的黑洞。我不知该怎么劝她。我把手放在她肩上，被她推开了。她不叫我碰她。

一早，她什么也没说就走了。

九点多钟，生活在我面前拉开一个阵势。是啊，生活是有脾气的，有时可真凶呢！

厂里所有人都被集中到后院里来。"文革小组"的人也到了，只是没见罗家驹。崔大脚带着一些人，胳膊上都套着半尺宽的大红布袖箍，上边用黄漆写着"赤卫军"三个字。他揪着我的衣领，扯到院当中。罗铁牛站在我身旁陪斗。他低头猫腰，破鞋盒的身子仿佛压得更瘪。这时，气氛相当紧张，几乎没有说话，只听崔大脚咋咋呼呼的声音。

忽然，院门大开，两队红卫兵挺着军事操练用的木枪，齐刷刷走来，中间押着一个女人，是俊俊！红卫兵叫我俩相隔两米远的地方面对面站着。拿来两个白纸糊的无常帽，扣在我和俊俊头上。可怜的俊俊，那样子惨极了！她苍白的脸与白纸帽连成一个颜色。

我真想上去把那帽子拉下来扔了。但不管你是多么勇敢强壮的男人,那时也无能为力。勇敢就是愚蠢——生活就是这样扭曲它原来的一切概念。我脑袋一热,叫道:

"这没有俊俊的事!是我个人的事!"

一个又黑又壮的红卫兵问我:

"你说,大字报揭发的是不是事实?"

"是、是、是!"我迫不及待地想解脱俊俊。

"好,算你交代了一半。你再回答,这些话对谁说的?"红卫兵问。

我想承认也无法承认。便说:

"我记不起来了。"

"我叫你说!"

"时间太久了,我得好好想想,反正事实我都承认。"我说。我只有这样说,才能尽快使俊俊从屈辱中解脱出来。为了她,叫我承认杀过人也行。

这红卫兵转身拿木枪使劲一捅俊俊的肩膀说:

"你今早还说这不是事实,人家自己都承认了。你知道包庇反革命是什么罪吗?"

我着急地大叫:

"别怪她。我骗了她!她不知道真情!"

罗家驹突然出现在我的左边,对我说:

"你再说一遍,你这些问题,是不是一直瞒着罗俊俊!"

我从罗俊俊愁惨的灰蒙蒙的眼里,完全明白她不希望听到什么。但我没有别的办法,只凭着一种保护她的本能说:

"是的,我一直欺骗她。"

不知道这句话是避免她受伤害,还正是伤害她。

罗家驹露出满足的神气,可是他用讥讽的口气说:"欺骗女人,哼,好一个正人君子!"他表现出十分生气的样子。

我抬眼一瞅俊俊,纸帽下一张脸充满气愤,那双眼的睫毛好像都掉了,亮光光散发着仇恨。我的心感到发疼。我觉得一切都完了!

罗家驹上去摘掉她头上的纸帽子,手指着我,对俊俊说:

'你还愿意跟这种人生活吗?如果不愿意,可以拿走你的东西,回你的家。"

于是,我眼瞧着俊俊毫不犹豫地进屋拿走她的被子和一包东西。她留给我的目光,除去愤恨,还有一点鄙夷。

留下来的红卫兵和崔大脚的赤卫军,将我的小屋捣得粉碎,又把乱七八糟的东西弄到院里焚烧。四周人群一阵阵举拳头呼口号。我感觉,这好像一个乏味的闹剧的场面,跟我没关系。

  从此,我就像个玩具一样,受他们残忍的耍弄。其中一次差点要了我的命,那是崔大脚,说我生来就不合格。非要把我弄回窑重新烧烧不可。他把一桶釉浆浇在我头上,把我推进窑,眼看要拿砖块黄泥封起窑门时,罗长贵手举着语录本喊着"要文斗,不要武斗"把我从窑里拉出来。您以为这是最厉害的吗?不不,最厉害的是从库房抱出我几年来呕心沥血烧制的画盘精品,总共五百多个,一个一样,十个一排,几十排几乎铺满整个后院,再给我一把榔头,命令我挨个全砸碎。您要知道那画盘怎样精美绝伦,拿起它都会小心翼翼,生怕碰坏的。当然您是没法见的。有意境的艺术是根本无法复制的。真不知这狠毒至极的主意谁出的,好比拿一把锉去活活地锉我的心。我不能不砸。说也怪,当我砸头几个时,恨不得当头给自己一下,完蛋了事。但砸到五十个之后,我好像砸的不是画盘,而是些普普通通的土块。我像机器一样,一下"哗啦"一个。随着崔大脚们叫嚷着:"砸!砸!砸!砸!"我忽然起劲地砸起来。我浑身有股狂劲要炸裂开来,我挥动的胳膊奇怪地变形,砸碎瓷器的声音在我血管里乱钻,可能我用力太大,崩起的碎碴把我的脸都扎破了。一切都不要了,一切都不必揪心,不必在乎了!可是那些赤卫军的喊叫反而愈来愈稀稀落落。一些人喊不出声音,倒比我犹豫起来。因为这些干了多年的瓷工们,完全知道我砸毁的是多么宝贵的东西……

几天后,全厂斗争目标转向罗铁牛。罗铁牛平时得罪不少人,人们对他的劲儿更大。赤卫军给我的任务是,每天跪在那些碎瓷片上,一遍遍读批我的大字报,直到会背诵。这样一连两天,膝盖就被割出血。跪久了,碎瓷碴穿破裤子,扎到肉里去,晚上回屋再一点点抠出来,但我并不觉得疼。我想俊俊,愈来愈想。我怕她还在受折磨。她怨我、恨我都没关系。她不会真恨我的。只要她想到我们那些真诚的爱,不需要我再做解释,就会回来的。正像她说的,无论我怎样,她都跟着我,我深信!可是她为什么不来?我身边的所有空间,好像都为她而空着。我在为等待她而活着。

五

这天一早,不等我去跪读大字报,崔大脚等人闯进来,把我揪到外边,劈头盖脸打一顿,说我撕毁大字报。您是知道的，谁这么干，在当时可是打死白打死的。多亏我不经打，几下就趴下了，他们也就没有再打的兴趣，如果我像牛一样强壮，说不定反会被打死。可是我一看，院里的大字报确实给撕扯得七零八落。这是谁干的？不是要置我于死地吗？

赤卫军责令我把所有撕破处都粘上，不能看出破来。我整整粘了一天。

当晚我在屋里，外面没风，极静。

几天大火燎原似的揪斗高潮过去了。夜深人静时，只是偶尔从远处传来断断续续的恐吓声，嗡嗡的呼口号声。忽然，院里有"嚓嚓"撕纸的声音，我的心提到嗓子眼儿，悄悄趴窗往外看，月光照亮的院子空无一人，一片碎瓷闪着青幽幽的光点。我发现墙角蹲着一个人，那里光线暗，只能看见一团黑影，正在撕大字报。谁？分明用这种手段毁我。我一急发出声音：

"干什么？"

那人停着没动，也不站起来。似乎想借着黑暗不叫我认出他来。

"谁？"我又问。

他忽然飞快地跑掉。

这一跑，我认出来了。哪里是人，是狗，黑儿！它撕大字报干什么？为我报复吗？真是帮倒忙！但它怎么会认得字呢？这是怎么回事……后来我猜想，可能它白天躲在什么地方，看见我面对大字报罚跪，觉得这东西对我有威胁，夜时偷偷来撕。是的，准是这样！

转天，我因大字报被撕，又被赤卫军拉去受罚。他们在地上摆一个大口瓶，叫我跪在上边。如果瓶子歪倒摔碎，就是"破坏国家财产，现行反革命，送交公安局法办"。

我虽然只有五十一公斤重，跪在上边也必须提气。不一会儿，瓶子就晃起来。崔大脚们围着我大声吓唬，不准晃倒瓶子。这纯粹拿我开心。我愈紧张，瓶子晃得愈厉害，马上就倒了。

忽然传来一声吼叫。狗？啊！黑儿来了。它站在一丈多远的地方，一声声怒吼，每叫一声，下巴使劲一扬；浑身黑毛像大氅一样向四边一张，气势非常凶猛，它救我来了！

两三个赤卫军上去用木枪打它，它勇猛又敏捷，来回几蹿，一下没挨上，反把一个赤卫军裤腿用牙扯破。逼得谁也不敢靠前！

崔大脚来了兴致。这几天他身上那些残忍的凶狠的东西全被释放出来，由着他随意发挥。他兴奋得全身肌肉都在不停地跳，能耐也显得大了。他叫我从瓶子上下来,递给我一支木枪,叫我去打黑儿。

"你不打它,就是跟它合伙一起迫害革命群众。今儿我们就把你揍死!"崔大脚说。

我接过木枪,叫黑儿。我一叫,黑儿立即不叫了。它迟疑一下,慢慢向我走近。崔大脚的赤卫军向后退了两米。他们都怕它,却朝着我叫着:

"打呀! 你到底打不打?"

我举起木枪,黑儿非但不动,却以为我逗它玩。直起身子,尾巴欢快地直摇,跳两下,想用前爪子够木枪。我怎么下得去手? 便小声对黑儿说:

"你走,走呀——"

它不走,反而倒在地上打滚儿,对我撒娇。

"你不打,我们就劈了你!"崔大脚朝我大喊。

我对黑儿严厉又轻声地说:

"你不走,我可真打你了!"

黑儿爬起来,瞅瞅我,好像明白了我的意思。但是它不走,它要保护我! 它不相信我会打它,目光充满信赖。

"我喊一二三,你再不下手,我们就把你和这狗全打死!"崔大脚叫着,"我数啦,一二——"马上数到"三"了。

我被逼得心一狠,打下一棍子,只听到木枪头那里一声号叫,黑儿蹿得几乎和我木枪一般高,落到地上就要朝我扑来。颈上的毛全都奓起来,它被激怒了!

赤卫军高兴地叫着:"咬他,咬他,黑儿!"但它没扑上来。它垂下尾巴,难过、埋怨、伤心地望了望我,然后扭身跑去,在仓库那边一拐就不见了……

我至今也不原谅自己那一棍子。为了这一棍子,我常常痛苦极了。我不仅仅恨自己,还瞧不起自己。您是懂得的,瞧不起自己,才是更深一层的痛苦呀!

我看着空空的仓库拐角有些发呆。崔大脚们不会给我时间发呆的。他们说我教唆这狗迫害群众,狠狠收拾我一顿。这次他们专门折磨我的两只手。他们说我的手是"黑手",叫我自己一手拿着砖头砸另一只手,来回砸,直砸得手抓不住砖头。

那天夜里,我被搞得筋疲力尽。

我的床在红卫兵抄家时就拆了。地上有块草垫子。白天屁股重重挨了几下,躺着疼,我只好趴着。两只手朝前伸——这双砸坏的手火烧火燎的,这样好让门外透进的夜凉吹一吹。

我的门窗都被赤卫军卸掉。为了好监视我,电灯电线都拆去,说是怕我自杀。黑乎乎的,倒很适合睡觉。一睡着,各种痛苦都不会感觉到了,我觑眼瞅着门外月色朦胧的院子,心里反复想着这两个字:黑夜,黑夜，黑夜……我感到自己的身子舒舒服服地往下沉。我好像不是趴在地上，而是趴在柔软的海上。这时，只觉得一只温暖的小手在抚摸着我受伤的手。这感觉非常甜美，又异常逼真，不像在梦里。这是俊俊吧，只有她能在这种时候，来给我以体贴、怜惜和抚慰。只有她！

但我睁眼一看：啊！竟是黑儿！它用软软的舌头舔我受伤的手。它没有记恨我白天打它的一棍子，找我来了！

"黑儿！"我艰难地低声叫着。

它就蹲在我脑袋前边。身后是一方给月色弥漫的门，灿烂又迷茫。它逆光的身子却更加乌黑，连眼睛也看不见。月光在它的外轮廓上镶了一道银色的、极亮的、毛茸茸的光圈。它像一头雄狮，不，说得更准确些，像神，活像一尊庄严、崇高、慈悲的神，又凝聚着那么浓烈、忠诚和执拗的人的情感……

"黑儿……"

我被深深感动了。声音没有节奏地抖颤起来。

它应声站起身，走到我旁边，紧贴着我的身体卧下，一声不出，只是肚子里发出亲热的呼噜声。它的手刚接触我的皮肤时还带着夜凉，很快就把身体的温度传给了我。

我闭上眼,尽情享受这人世间最温暖、最纯净、最难得的东西。我感觉心里有种热烘烘的东西在流,是流血,还是流泪?心也会流泪的……

此后,它断断续续来。总是夜间来,和我亲热一阵子,天没亮就走了。

我在一次大会批斗后,被送到青石山劳改。赤卫军把我押上一辆"老解放"的车槽里。开车的是崔大脚。罗家驹也坐在驾驶室里。他去,是因为青石山那边准备好一场批斗会迎接我。他是主持人之一。

我很少见到罗家驹。虽然我现在是他手里的鼠儿鸟儿,他从不参与赤卫军捉弄我的行动。他一直在忙于搞罗铁牛。我觉得恐怕因为我们都是画画的,碍于面子,不好意思下狠手整我。我真傻!其实那天把红卫兵找来,斗我和俊俊,逼我砸画盘,叫崔大脚们毁我手,这些最要命的主意,都是他出的。只不过他不出面罢了。

我在车槽中间,七八个赤卫军围着我坐着;我还给绳子捆着胳膊,大概怕我跳车。在厂门口一百多人的口号声中,车开了。穿过县城时,街上的人都往车上看,还用手指我。刚刚出城门,车上一个赤卫军忽叫:

"瞧,追来了!"

追？谁？我伸脖子往下望，是黑儿！它打哪儿来的？怎么知道我被弄走的？

它跑得很急，很快就与汽车平行。边跑边向车子叫。

驾驶室的后窗户没玻璃。从车槽里可以看见罗家驹和崔大脚的背影，还能透过挡风玻璃看到车子前边的路。罗家驹回头问谁在追。那个赤卫军说："那黑狗！"罗家驹便对崔大脚小声说句什么。车子陡然加快，看样子又是想把黑儿甩掉。我从赤卫军的臂膀中间的缝隙里，瞧见黑儿在车后奔命追赶的身影。车子颠簸，一会儿看见，一会儿看不见，而且身影愈来愈小。最后给车子扬起的厚厚的尘土遮住。看不见时还听到远远几声叫……直把黑儿甩掉，车速才放慢。

将近中午，汽车停在路旁一个小饭铺前。他们把捆我的绳头拴在车槽的木帮上，都下车去吃饭。大约二十多分钟，我忽然看见来路的端头出现一个小黑点，渐渐愈来愈大，在距离车子一百米左右的地方，我认出是黑儿。它颠颠地赶来了。跑到车前时，我发现它变了颜色，是给尘土盖了一层，我把身子挪到车槽旁，它使劲往上蹿了几次，蹿不上来。肯定在长途追赶中耗尽力气。我的胳膊被捆着，没法帮忙，就把一条腿伸到车槽外，黑儿抓住我的脚，我用力收腿，才把它拖上车来。它一头扎在我怀里，朝我叫几声。大概嗓子干裂了，只发出一种刮木片的声音。我听不懂它的叫声，却完全懂得它为什么叫。世界上再没有这情景叫我感动了。我掉了泪，泪水滴在它脸颊密密的毛上，闪闪发光，好像它也在落泪。

这时，罗家驹、崔大脚他们酒足饭饱，红着脸，挺着肚子走出饭铺，上车发现了黑儿，都叫起来："这畜生怎么赶来的，成精了？"黑儿不等他们抓，跳到驾驶室的顶子上去，龇开牙要与他们厮拼，却给一支木枪横扫到车下去。

黑儿爬起来，在道旁朝着汽车叫着。

罗家驹说：

"开呀，快！"

崔大脚打开发动机，刚要起动，突然发现黑儿出现在汽车前面七八米远的地方，横卧在大道中心！它宁肯一死，也要拦住车。这种决死的、庄严的、泰然的神气，使车上的狂夫们看傻了。他们给一种神秘又伟大的力量镇住了，没人再喊叫，崔大脚按了几声喇叭，它依旧一动不动，面对着嗡嗡响的汽车，毫无惧色。罗家驹朝崔大脚说：

"轧过去！"

我急了，对黑儿恳求地大喊：

"你躲开呀,黑儿——"

我虽然还没孩子,但只有我孩子要遇难时,我才会这样喊叫。

黑儿卧在那里,望着将要轧过去的车子,那种镇静,连一个人都很难做到的。决死,是世界上最大的决心了。

汽车似乎没有开动。气氛有点异常。

罗家驹对崔大脚叫道:

"你怎么不开?我叫你轧!"

大约停顿了半拍吧,崔大脚忽然放声一吼:

"好——轧!"

汽车开起来,夹带一股风,直朝黑儿冲去。在我绝望的叫喊声中,在车身陡然猛烈地扭动中,只听车槽下黑儿发出一声尖叫。我的心一下揪紧,并因揪得过紧而针扎般地剧痛,全身顿时软得像团烟。眼前的一切来不及变得模糊就不存在了,自己也不存在了。就在意识消失前的最后一瞬,我似乎还要抓住什么,但什么也抓不住,世界突然变成一块绝对的纯白。我想,这是死的感觉。我临到终了那时候,还会体验这种感觉的。

六

青石山是座巨大的采石场。那里的活累死人。打山里采到长石，要用独轮车推着翻过一道小山，送到作坊里碾成粉状的瓷土。车上的重量足有一两吨，推车时，你必须与车身成一条差不多平行的斜线，才能使上劲儿，爬坡时岔住它别往回滑。这里的人，成年累月跟石头打交道，性情不是像石头一样见棱见角，又粗又硬，就是像石头那样沉默不语。我刚来到这里，一起干活那帮人把我叫去，一人手里拿块石头，那架势，似乎只要说差半句话，就开了我。这帮人领头的叫秦老五，脸皮紧得像鼓皮，身上没有多余的肉，每条肌肉都像石头条。他们问我偷过谁家的钱箱子，玩过谁家的女人。以前常有服劳役的犯人送来，都是经过这阵势。山里人就恨小偷和淫贼，说实话也得一顿死揍。我说，我是画画的，只是"思想问题"，没干过别的事。他们便把手里的石头都扔在地上，从此待我很好，只告我：不许跑。

秦老五在这帮人中间很有点权威，他拿得住人，斗嘴也没人是对手。逢到雨雪之后，山路难行，必须大伙一起使劲往山外推车的时候，他领头喊号子，就把这些干活的人的老婆，全都编到号子里，胡数一顿，气得大伙奶奶娘地骂他,同时还得哎哟哎哟答应着,谁也不能松劲。秦老五却唯独不说我老婆,不知是否因为我是外人,不好意思开玩笑,还是知道我无时无刻不惦着俊俊。我们那小宝宝在她肚里已经六个月了,我还清清楚楚梦见过我的小宝宝的模样,几乎和俊俊一样。俊俊说过,两个人中,谁爱谁更多一点,孩子就像谁。

一天,外边刮大风,秦老五提着酒壶走进我的小屋。他对我说:

"伙计,对嘴来几口,喝醉了,我告诉你一件事。"

我问他什么事,他不说,等我俩灌得半醉时,他说:

"你老婆多半要和你离了。"

"去你妈的!"我第一次骂街,分明上了酒劲,也想撒撒野,"我能揍死你,你——不怕?"

他红红的眼睛像一对红果,直盯着我说:

"谁怕你,你老婆把肚里的孩子都打了,还是个儿子!"

我的脑袋轰地一热,酒劲冲上来,我抓起酒壶一扬,在墙上撞得粉碎。然后挥起双拳,像摇鼓那样,"咚咚咚"摇着秦老五石板一样的胸膛,哭叫着:"你还我儿子!你还我儿子!"秦老五一动不动,挺着胸脯让我打,等我打得没力气了,忽然猛地一拳,把我从床边打得一直滚到床里边。这一拳像一炮,打得我的酒劲登时全没了。只听他叫着:"算什么汉子,没囊没气!"他的眼珠都快瞪出来了。

我有生以来,没挨过如此痛快的一拳。它把我涌满心中死死的一块击碎了。

于是,我趴在床上大哭。

他看着我哭,也不劝,看我哭得差不多时,他打怀里摸出一个青萝卜,"啪"掰成两半说:"吃下去!"扔给我一半,又说一句,"心里不热,都不算事。"说完撩起门帘走了。

说也怪,这么痛苦的事,碰上还不疯?但给他这么一来,也就经住了。脸上挂着泪,嘴里嚼着凉滋滋的青萝卜,心里倒还舒坦。

老婆和家全完了。我不再惦着罗俊俊。对一个女人来说,还有比除掉自己骨肉更情断义绝吗?我那可怜的儿子!连名字都给他起好了。我不能念出那名字,虽然他并没出生,却像一个死去的亲人的名字……

这时,一个毛茸茸的可爱的影子,从我内心深处渐渐浮上来。黑儿!

这影子总跟着我,随时随地出现,你不去想它,它也会出现。这不是病态的幻觉,而是一种美丽的想象。推车时,我想象它用前爪子帮我推车轱辘;从河里洗完澡上岸时,就想象它给我叼来鞋子;吃饭时,菜里只要有一块带肉的小骨渣,我就想象地说:"黑儿,抬起左爪子!"它立即聪明地抬起左爪子,我说:"抬起右爪子!"它立即抬起右爪子,我便把小肉骨头放在它鲜红的、流着口水的嘴里……

但是,只要我眼前出现拿木枪打它时它那难过的、埋怨的、伤心的眼神,我立即就把目光转到另一件东西上认真瞧一瞧,好顶掉这复活了的记忆;只要我耳边出现车槽下黑儿被轧死的凄厉的号叫,我不由自主要大声哼哼两句语录歌,盖住那曾经深钻入心、摆脱不掉的强刺激。我要把过去的一切忘掉,忘掉瓷厂、画盘、罗家驹、崔大脚、罗俊俊……忘掉黑儿的过去,忘掉它的死。硬叫它在我的感情中活着,陪伴着我。因为这时我才感到,才坚信,只有它能陪伴我,不管经历怎样的苦难。

但是,你想忘掉的,不正是你无法忘掉的吗?

我不能总沉在想象中,就用瓷土捏一个五寸来大的狗儿,用墨汁涂黑。叫它和黑儿一模一样,尤其那神气。最初我把它放在窗台上,夜晚,月光从窗外照进来,在它的外轮廓上镶了一层银蓝色的亮边,就像我挨打那夜,它蹲在头前,舔我手时那样。它给了我多大的抚慰与温存？我反而不能再看到这样子，赶紧从窗台拿开，让窗台和世界一样空空的，只有无情的月光，静静照着窗棂。这时我的心情真如死灰，如果说感情，大概只剩下一种：我恨崔大脚！

没想到，由于这个瓷土捏的黑儿，竟碰上一次崔大脚。

七

那是转年春天。一个山里的孩子跑进我屋，看见桌上的小黑狗好玩，非要不可。他哪里知道这小黑狗在我心里的地位。他见我不给，跑去拿一个小泥狗，说要跟我换。我一见这泥狗，吃惊地一叫，吓得那孩子后退两步，好像这泥狗活了，咬我一口。

我敢说，我没见过这样令人叫绝的泥玩具！这样辉煌的胆大包天的艺术！它怎么敢这样使用夸张？任何勇敢的艺术家在它面前都是缠足女人。这泥狗单是脑袋占了一多半，四条腿干脆就是四个疙瘩，山芋似的小尾巴向上逗人地一撅。两只眼直盯着你，大嘴傻乎乎咧着，好像一只蚂蚱跳到你鼻尖上。它胸前戴个大花团，脑袋上莫名其妙顶颗大珍珠。富丽喜庆，膨享饱满，健壮有力，你马上会想到几千年来中华大地上农民们对生活那些实实在在的热望。别看只在泥胎上刷一道白,仅仅用红黄绿蓝黑五个原色抹几笔,根本不用调合色和覆盖色,一切都是单摆浮搁。这几笔不比"八大山人"更粗豪洗练? 在学院里是学不会的。教授们用"修养"画,农民用"兴致"画,到底哪个才是艺术? 你只要照样描一个,保证每一笔都是死的,它每一笔绝对都是活的! 怪不怪! 真没想到,在这穷乡僻壤,泥土里不单埋着花生和山芋,还埋着真正的艺术! 尤其这儿喜欢使蓝颜色,蓝色一上去,把所有颜色都稳稳当当压住了。奇妙至极!

我问孩子,这泥狗是从哪儿来的。他说是"臭老头"担挑来卖的。我打听好几个人才得知,"臭老头"是邻县抬头庄人。那庄上人人都会捏泥人。

一天闲工。我谁也没有告诉,把所有的钱——四元一角七分,全掖在腰里,再捎上一个准备装泥玩具的空麻袋,借着晨雾偷偷溜出青石山。我被监改,如果告诉别人,是没人敢放我去的。

进抬头庄,向一个农民打听"臭老头"。这农民一听说我买泥人,马上把我领到他家房后的柴屋。把几捆柴一掀,满屋泥人,真称得上民间的罗浮宫。大泥人足有两尺高,小泥人如同手指头,泥人泥马,泥猫泥狗,穿红披绿,顶蓝戴黄,一个泥人一个神气,个个都用自己的神气瞧着你。我的眼看花了，平静下来，才挑出一些神气十足的精品。

这农民把我当作杂货贩子，向我要价。我担心钱多拿不起，没想到他一开口只要两块钱，两块钱买这么多宝贝？我一激动给他三块。他高兴得帮我用稻草包好泥人，又送我一些烂棉花垫在麻袋顶底下。闲话中提到隔河的半铺子村，有位黄老婆子，山东长岛人，善剪纸，人称"神剪黄"。她当年嫁到这村来时，陪嫁中有一百零八个泥模子，是水泊梁山的一百单八将。有人见过，据说个个都比戏旦的人还有精神。黄老婆子从夹没拿它扣过泥模卖。她舍不得。听说是她家祖传，在长岛也只这么一套。

我听了，几乎是背着这袋泥人跑去的。蹚水过河时，脚步那么轻快。溅起的浪花，像一丛丛水晶的花。

进村找到黄老婆子，她说我找错了人。可是当她听说我是画画的，才掉着泪告诉我，她那一百单八将泥模，在六六年热天里，被公社派来的工作组逼着交出来，说是"四旧"，给敲得粉碎。我联想到自己那些画盘，觉得一下子和她贴近了。她从箱子里摸出一个小泥碗似的东西，原来是块泥模残片，这是她唯一捡到的一块。上边刻着半张脸，一眼就能认出是时迁！那股子机灵劲儿从泥碗似的凹处往外闪着。我对这艺术杰作惊喜得直搓手,好像它刚出窑,烫手,不敢摸它。我相信,世界上只有这一套,现在一套也没有了。

黄老婆子被我的真情打动。

她满脸的皱纹又细又长,愁苦时这皱纹就像一张蜘蛛网罩在她脸上,现在这些皱纹忽然变浅,她的脸仿佛从蜘蛛网里冲破出来,她笑了,翻过炕上睡觉的小孙女,爬到里边,撩开炕席,拿出一个布兜和一张折叠的黑纸。

她从布兜里掏出一把锃亮的剪子,打开黑纸,这纸有桌面大,她对我说:"我给您剪张纸吧!"剪子在她手中闪闪发光地转起来。随着清脆的咔嚓咔嚓剪纸声,一些细碎的黑纸屑纷纷落下来。她一边把纸这样一折,剪几下,又那样一折,剪几下,黑纸就像一只小燕拍打翅膀。大约半小时后,她把这张三尺见方的剪纸铺在炕上,笑眯眯说:

"两年不剪了,手都生了,这叫'金玉(鱼)满堂(塘)'!"

我直眨眼睛,不相信有这样的奇迹。你能相信靠一把剪子和一张纸,能将整个海底世界的光怪陆离、神秘莫测、无比丰富的景象,全都呈现在你面前?你能相信夸张、变形、荒诞等这些捉摸不定的艺术手段,居然给这个村婆运用得如此随心所欲、浑然自如?线条的变化如同想象那样自由。忽而细如发丝，忽而粗如牛尾，尤其那些大块的黑和疙疙瘩瘩的线，奇异地充溢着一种生气……

我过去一直有种模模糊糊、不敢确定的想法，我以为，中国古代艺术，在汉唐时代那些瑰丽的狂想，雄强的气势，对生活大胆的再创造，对美恣肆的发挥，以及那种震撼人心的艺术力量，随着漫长封建王朝日趋衰败而走向柔弱和媚俗。但这只是宫廷艺术如此。其实这条生气勃勃的主流至今没有断绝。它在民间！从远古的壁画、石窟、青铜器、画像石、俑……直到今天民间的年画、泥玩具、剪纸、蜡染、陶瓷，这股民族的势不可当的艺术元气，依然流贯在我们辽阔广大的民间。我们的高等艺术学院为什么不搬到民间来呢？我看着这普普通通的村婆，心里火辣辣地想，我们的毕加索在民间，我们的马蒂斯在民间，她才应当是现代艺术中心的皇后！

她告诉我，从小她生活在海边，这些鱼都熟悉。她指给我看，哪些是海马、墨斗、比目、鲳鱼、狼牙鳝……但她独独不剪鲨鱼。她丈夫30岁时下海采珠，叫鲨鱼咬破肚子，使她守了寡……她说这种黑剪纸在长岛是贴在屋顶上的，躺在炕上可以细看，看着看着就想入睡。因此，她不能叫鲨鱼天天总在眼前。她会睡不着的。

我点头。表示我能理解。理解的基础往往是相似的经历。

我不知该怎么酬答人家。只能尽其所有,把腰间剩下的钱全掏出来。这使黄老婆子真生气了。脸一板,皱纹全成了直线。她说,这大概是她剪的最后一张了。最后一张是不卖钱的。

我把这剪纸折成四折,用两块破席夹好放进麻袋。在与这真正的艺术大师告别时,还是趁她不注意,悄悄将仅有的一元一角七分钱塞在炕上那熟睡的小女孩的枕头下。

回去的路上,赶上雨。雨下大了,浑身淋透倒不在乎,只怕淋坏麻袋里那些宝贝。我钻进一家大车店。这店是一间苇笆糊泥的大屋子,茅草顶子,中间放一个汽油桶改制的大炉子,没烟囱,炉子上熬着面汤,热气和浓烟弄得雾腾腾;一群车夫和出远门的人,围在炉子四周,躺在草帘子上,身上盖着破棉大衣,呼呼大睡,没有棉大衣的就挤在人中间。不知屋里太热,还是炉火映照,人脸像柿子那样红。我对店主说,我没钱,能不能叫我歇歇,给我点吃的。店主瞅瞅我这狼狈相,用小脸盆盛半下子热面汤给我,只是汤多面少。嘿!有吃的就很好了!跑了一天,再给雨淋,肚子像敞口的袋子，就等着往里填东西。我接过脸盆，像猪那样，一口气吃得连盆底的沙粒也吞下去了。

我不能再耽搁。回去再晚，秦老五他们会以为我跑了。我启程赶路，刚走出半里地，后边开来一辆大卡车。我忙站在道边给它让路，它却放慢了速度，在我身边刹住车，车门一开，"上来吧！"司机在里边说。

我挺感动，心想碰见好人了。说句"谢谢"，一脚登上车，把麻袋塞在腿前边。

车子开起来。

司机问我：

"你到哪儿去了？"

我刚要回答，忽想他干吗问我到哪去了。他认得我？这声音好熟，我扭头看他。他把口中烟卷使劲一吸，烟头照亮他的脸，啊，崔大脚，是他！这车子就是轧死黑儿的那辆车！

"停住，叫我下去！"我说。

他不理我，往前开。

"叫我下去！"

"你坐好，我送你回去！"他说。车子开得很快。

我跳起来，要拉闸杆，口中叫道："我不坐你的车，永远不坐这辆车！"我和他抢方向盘。

忽然他刹住车，沉一沉之后，对我说：

"好,你下去吧!"

我下了车。他"刷"地把车开走了。在漆黑泥泞的路上,我虽然尽力往回赶,但鞋子常被泥巴粘下来,走了五个小时才回到青石山。

我在石崖下边,雨淋不着的地方,把麻袋里的东西掏出来放好,盖严实了,再揪一些青草蒙在上边。回到屋子前面,只见里边亮着油灯,原来秦老五和两三个汉子沉着脸坐在屋里。我还以为崔大脚先来告发我了呢!其实崔大脚根本没来过。

"我们待你不错,你想干什么?"一个汉子朝我怒气冲冲地叫。

"不,我没跑!"我说,外边的雨忽然大起来。说话的声音必须加大。

"你干什么去了?"那汉子问。

我实话实说。秦老五困惑地瞅我一眼,忽叫我带他去看看买来的泥人,看来他不大信我的话。他们都披上挂胶的雨衣,秦老五拿一只装四节电池的大手电筒。大雨中,我带他们到了石崖下边,掀开麻袋,秦老五拿手电照了照,一扬下巴,那神气似乎要说,你买这些破玩意儿干吗?但他张嘴却换了一句话:"快把这玩意儿弄回去吧!"他把雨衣脱下来扔给我。

我怀着感激解释道:

"我不会逃跑的。"

"谁怕你跑,我怕你寻短!"他说完,钻进另一个汉子雨衣下边走了。

我拿着雨衣没穿,任凭冰凉大雨酣畅地浇头而下,美滋滋地说:世界上这么多可爱的事,我才不死呢!

八

七百多天监改的日子过去了。

我被宣布为有"严重厉史问题,按人民内部矛盾处理"。同时又是"不戴帽子,回厂劳动,以观后效"。概念互相矛盾,您别笑,我们那地方就是这水平!这样处理算很宽了。这可是我争取来的。自打我接触到青石山一带的泥人和剪纸,两年里,我几乎浪迹整个山区。结识到一些石匠,他们祖传雕刻佛像,地道的北魏风格。"文革"以来都洗手不干了,每天靠砸石子吃饭。他们大多不识字,艺术感觉却极好,人又义气,你只要喜欢他们的艺术,他们就跟你肝胆相照。他们把我领到山沟里,把偷偷埋藏的佛像刨出来给我看。这些雕像,绝对和米开朗基罗、罗丹、亨利·摩尔是一个等级的。他们要送,可惜我无法背走,也没处放,只好再埋起来。

受了这些民间艺术大师们的启发,我对艺术的理解有了非常关键的突破,脑袋里全是新想法,渴望表现。我必须快快离开青石山,回到瓷厂,我有把握搞出当代最独特的画盘,没错!

我就拼命"表现"!白天在山上采石,晚上还要推大石头碾子,转动球磨机的大铁桶,研磨瓷粉。天天累得骨头架子要散了,谁劝也劝不住,都说我傻了。

离开青石山那天,秦老五给我开张回厂报到的证明。这证明和当年学院给我那报到通知单可不一样。那张是黑的,这张是透明的;我的心也变得透明了,从胸膛外边可以看进去。

秦老五说:"我送送你吧!"他给我提起包儿来。

我有点依依不舍,自从买泥人那天后,每逢公假,我再到哪儿去他也不管。虽然他不知道我想干什么,他见我心里变得快活,就不闻不问了。

他一直把我送到山口,二十多里地,一路上竟然什么也没说,只是嗓子眼发出断断续续"哼哼"的声音,好像什么东西哽在那里。难道他的感情就这么难以表达出来?到了一个小山头上时,他把包儿给我,说:"伙计,就在这儿打住吧!咱说好了——你走你的,我转过身走我的,谁也不准回头看谁!"听了这话,我有种情感涌上来,想上去拥抱他。但他异常地、石头般地沉静，使我抑制住自己。

　　我点头，同意按他的话去做。

　　我俩同时转身，各走各的。我往前走，憋着劲儿不回头，一直走下山。可是走到山路转弯的地方——转过去就出山了——忍不住回过头来，只见秦老五竟然站在原处，根本没走。他好像一只山羊，一动不动立在山头上。顿时，我整个身心被一种热烘烘的情感占有了。大声叫：

　　"秦——老——五——，秦——老——五——"

　　声音根本传不上去，山太高了。

　　我使劲朝他摇着两条胳膊，他看见，却扭头走了。我流下泪来，也不去抹，一边走，一边任使泪水簌簌流。不知这是一种痛快的宣泄，还是享受。直到泪流干了，面颊紧巴巴的，才揉揉脸。

　　我又一次扛着行李，站在厂门口往里看。这跟我头次来可大不一样。这心情你自管体会去，酸甜苦辣都有。我走进后院时心想，我那女人肯定不住在这里了。果然！那小屋门上交叉钉着几根大木条，就像当年大字报上，我名字上打的大十叉。

　　到了办公室，知道罗家驹早已调到县委去当革委会副主任。一个新来的年轻人管落实政策。他完全知道我是谁，使眼扫我一下，就拿着家伙去给我撬开门，

里面的东西都被尘土阴暗的灰色厚厚涂了一层。不一会儿,这年轻人又提来乱七八糟一大捆杂物给我,说:

"罗俊俊把她的东西都挑走了,她说这都是你的。我那儿有罗俊俊拿走东西的清单。你要看可以去看,核实核实。"

我苦笑地摇摇头。谁还想跟痛苦去核实?

我打开这捆儿一看:资料,调色板,一束笔,几件沾了颜料的破衣服,单只的手套,破枕套……都是早已忘记、看见才想起来的东西。忽然眼一亮,一个画盘!用手抹去尘土,我的心像锣一样被"当"地敲响。这就是结婚那天烧的"猴骑牛"呀!瞧,调皮的小金丝猴骑在大花牛上,正给大花牛戴花。由于愚弄了大花牛,得意地扬起双脚,几乎掉下牛背来。这盘子,这画面,使我感到,往日的温存像一阵温暖的风,透过冰雪般残酷的岁月,扑入怀间。我多么强烈地想把昨天、前天、大前天,都拉到眼前。忽然我又想,为什么罗俊俊来领取自己的东西时,不把这盘子拿走?这是我们两人在一起的象征。想到这儿,我一下子更明白了。心中又吹进一阵肃杀的风沙。

通过罗俊俊的姑父,我和罗俊俊见了一面,我对她说:

"我没骗你。红卫兵斗咱们那天,我之所以承认骗你，是怕你再受折磨。直到如今，我也不知道五七年那些事是怎么来的……你肯定误会我真骗了你，伤透了心，对吗？"

谁知，她对这么关键的话毫无兴趣，冷冰冰地说：

"我不关心这些。没用！"

"没用？你指什么……"

"全没用。"她说。

"我不明白你的意思。"

"我必须实际了！"她说。

这句话说明她现在最真实的一切。我忽然感到她眼睛那毛茸茸的感觉没了，好像两汪死水，睫毛像一根根枯草。她所有线条也不那样朦朦胧胧，一切都清清楚楚。

您也许要问我，这女人那些诗情画意跑到哪儿去了？嘿嘿，生活才是最伟大的雕塑家，它不但能改变人的形象，也能改变任何雕塑家都不可改变的人的内心。一个人变实际了，就不会变回来了。我俩已经像油和水那样不能融合一起。本来我还想努力试一试，但我一看她打掉孩子而瘪下去的肚子，我……我们办了离婚手续。

当然，我拿着离婚证书，连同那"猴骑牛"的画盘，到后窗外那片野草地上，用树枝挖一个坑，把离婚证书盖在画盘上，用土埋了。再依照当年罗俊俊的话，采了一大捧金黄色矢车菊的花朵覆盖上边。这时，我的心从来没有这样平静，这样淡漠，这样不动感情，只发了一阵奇想，想到几百年、几千年，考古学者挖掘出这个美丽的盘子。上面覆盖的离婚证书早已烂掉，他们怎样考察也无法得知这盘子上的一个故事……

于是，我的心有点茫然。

当天晚上，我去看罗长贵，听说他瘫了许久，恐怕不会活得再久。我总记着，他当初挥着语录本，把我从窑里拉出来那件事。

罗长贵不行了。他喘气的声音比说话的声音大，眼珠混浊不清，脸上的肉全塌下去，骨头突出来，像我房后落潮时的河滩。我觉得，他要慢慢融化在这床上，再也直不起那滚圆、笨拙又可爱的身子。

他见我来，激动得鼻孔都张大了，说出一直没肯说出的话：

"我……我、我佩服你的手艺！有你……瓷器这行就不会绝。你要是姓罗就好了……"

我忽然想到在心里存放已久的一句话：

"老师傅，为什么您拉的坯，不论瓶子罐子，哪怕一个小碟儿，也是活的呢？"

罗长贵听了,久已瘫痪的身子竟然动一动,想要坐起来。显然我这句话摸到他藏在心底的按键,全身霎时都通上电。他叫我拿过桌上一个小葫芦瓶仔细瞧瞧。我翻过来掉过去地看,他问我看出什么没有。我说:

"好像有你的手指头印。"

他高兴得眼睛竟闪出一道光来:

"活气在手上,记住!拉坯……就怕把这些地方都弄光。这叫'眼'。你画人,没眼就是死的,有眼不就活了?"

我忽然想到古代那陶俑、陶鬲、陶瓮,歪歪扭扭又妙趣横生的形态;想到黄老婆子剪刀疙疙瘩瘩又神气活现的线条,艺术的奥秘不正在这里边?我急于知道打开这奥秘的钥匙,它肯定在罗老汉身上:

"这'眼'还有什么讲究吗?"

罗长贵沉吟一下,目光渐渐收缩回他黯淡的眼珠里。他说:"下次再告诉你吧!"然后叫一个侍候他的女孩——不知是闺女还是亲戚,拿出两样东西,一样是猪尿泡上插着一个削去尖儿的钢笔帽,一样是四四方方的旧红木匣子。他说:"这猪尿泡是……立粉用的,很好使,我使它整整三十年,以后用不着了,送给你吧……那匣子,你打开——"他等着我打开木匣,一边费力地喘粗气。

原来匣子里是副麻将牌。质地像玉,细看是瓷,上边的花都是刻上去的,活灵活现,真是陶瓷艺术的杰作。罗长贵说:

"这东西,你好好收着。别叫人当'四旧'砸了。这是我祖传的东西。你识货,就拿去吧!我老汉再没什么东西可以送人了……"

我感激得说不出话来。

后来提起崔大脚,罗长贵说:

"那也是报应。挺宽的山路,也没冻冰,他开了二十年车了,怎么愣开到山沟里去了呢……好在他一个人,没留下孤儿寡母。不过,他和家驹不一样,缺心眼,其实以前他不那么狠,不知那时人怎么都变成那样……"

"我不能原谅他轧死黑儿!"我说。

"你说那条狗?这你可别冤枉他……他并没轧死你的狗……这是他亲口对我说的。"

"他骗您。当时我在车上。"

"不……他告诉我,当时……他把轱辘扭一下,想让过去,但是太近了,扭不过把,压伤那狗的一条腿。"

"真的?"我叫起来。我还是不相信崔大脚没有轧死黑儿,他不会这么做!可是,我忽然想起,当时车子向黑儿冲过去时,确实猛烈地扭动一下。"真有这事?黑儿还活着?"我不敢信。太希望就反而怕了。

"活着,真的。我还见过那狗……你走后,它到你房前叫了好几天,瘸一条腿……"

我顿时觉得罗老汉的小屋全亮了。我,我应该感谢谁呢?生活真是好极了!它不会叫你绝望,总会给你喘息的空间,总会给你转机,给你补偿,给你希望,给你明天、后天和宽阔的未来;在你一片渺茫时,从你脚尖铺展开一条路来……

我感觉我的心被一种液体,肯定是红色的液体充满了。

于是,我到处寻找黑儿。逢人便问,人们的说法不一,有的说见过,有的说根本没见过,后来有了一条线索:一个担挑卖烟的说,不久前他在县城西边二十多里的村道上,见过一条瘦瘦的黑狗蹲在路边,看样子饿得没有劲了,卖烟人可怜它,给它一块饽饽,这狗吃了,跟着卖烟人走了段路,又走开了。卖烟人说这狗的一条腿有点瘸。有了这消息,我充满信心。

我每逢假日,就买一块肉,用细麻绳穿起来提着,到县城四处远远近近的田野、大道、集镇、村落,去找黑儿,找着找着,渐渐感到世界太大了,任何东西掉进来,都不易找到。

又是一个星期天,我提一块肉,从早晨走到中午,仍然不见黑儿的影子。最后累得只凭意志而不是凭感情去寻找。但我决不放弃寻找黑儿的念头。我相信,它当初也这么找我的。我走进一个镇口时,两条腿已经很难挪到身体前边来,重心也不知在哪儿。我便在道边一个小吃摊上买碗米粥,伸开两腿歇一歇。忽然听到小孩子的叫声:"打它,打它,打这狗!"我望去,只见几个野小子用柳条抽打一只狗。那狗一动不动,也不反抗,卧在墙边,完全是要死的一条狗。啊!那狗是黑的!

我的黑儿?顿时心都快跳出来了,赶紧跑过去。

我第一眼看它,是黑儿!再瞧又不像。这虽然是条黑狗,毛好像比黑儿的短,身体瘦得像段木炭,满身土,脏极了,它仿佛没有力气抵抗孩子们的袭击,侧身躺着,闭着眼。

"黑儿!"我试着叫了一声。

它应声忽然刷地立起来,吓得孩子们往后退了几步,它伶仃的、脱了毛的四条腿抖颤地支撑着衰弱的身体,向前倾斜。仰起它瘦瘦的小脑袋,睁大眼瞧着我。

我对它说:"抬起你的右爪子,黑儿!"我的声音都变调了。

它勉勉强强、哆哆嗦嗦送来沾了泥巴的右爪子。

黑儿！我的黑儿！是我的黑儿呀！我张开胳膊猛地把它抱在怀里，抱得那么紧。它的全身抖得好厉害，以致我觉得是我自己在抖。实际上我也在抖。同时还分明感到，它的脑袋一下下用力地、热烈而激动地往我怀里扎……我还说什么呢？我觉得，我重新又把世界，把整个世界和全部生活全都抱在怀里了……

"不用说，我再不能把它丢掉，无论到哪儿总带着它。为了它，宁肯坐软席。因为软席检查不严，保险一些。它很懂事，不叫它出声，它是决不会出声的。我怕和它分开，怕那将是永远的分开……几年来，它好像老了，不再出去野跑，吃得很少，长不出当初那一身漂亮的黑毛了。整天在我身边一趴，但只要听到院里汽车开动的声音，它立即显得不安，瞪眼，龇牙，后脖子上的毛全耷起来……哎，故事讲到这儿，我上边那纸箱里装的什么，您心里明白了吧！"

这位名叫华夏雨的"无名"画家，自述他异常奇特的经历后，我的喉咙给翻腾上来的情感塞住了。我抬头看看那纸箱，里边一点动静也没有，我却深信，那里装着一个令人辛酸的故事，一颗赤诚又不安的灵魂。往事的追述，使我更关心华夏雨的现在：

"你在搞画盘吧！"

华夏雨却笑着摇摇头。这笑好像在嘲讽自己。我问他何以笑得这样令人费解。他又笑一笑说：

"说出来，您会笑话我的！本来我落实回厂时，分配到原车间搞画盘，可没过半个月就变了。原因是件小事——一天我在城外路上走，刚下过雨，所有景物都像从水里捞出来一样，又浓又深，又鲜又亮。这时迎面出现一块白，白得那么纯净，它一下把周围所有颜色，像钢琴演奏时忽然提上一个八度。我的心都亮了，叫人快活又激动！这块白色到面前，原来是穿白衬衫的罗家驹。我已经两三年没见到他了。不知为什么——可能我被这雨后清新的景象，被这块纯净的白颜色所感染，一下子把过去的事全忘了。他关心地问我的情况。我说，我正在搞画盘，并说我有许多新想法，非搞出高水平的画盘不可。谁知第二天，厂里不说任何原因，把我调到窑上烧瓷。您说我傻不？"

"不，你这种人大概常被自己欺骗！"

"哎呀，您说得太对了。我就是这样。但说回来，我并不觉得这样会失去什么，在窑上，我反而能掌握许多焙烧的规律。窑工们常说'三分做，七分烧'，'不懂烧就不懂瓷'嘛。正是这么一来，使我对画盘的效果更有把握一些。您说怪不怪，害我的人总是从另一边帮忙，您说这是为什么？"

我怔一怔，心里许多新想法还没成形，嘴里便说不出来。这个古怪的人使我思维的轮子不可抑制地转动着……但我还不能回答他，只能问他。

"你从罗长贵那里，问来瓷器上所谓'眼'有哪些讲究吗？"我问。

"没有。就在我看他那天当夜，他就死了。那天他没对我说，就是打算那绝招至死也不告人的……"华夏雨感慨地说，"他可以把祖传的宝贝送给你，手艺却绝对不传给你。保守，使我们每一步，不免要先重复前人走过的路；但保守，又致使我们的艺术更具有自己的独特性，更带着永远无法破解的神秘性啊！不过，罗老汉对我就很够意思啦，他说的那几句，使我进入到艺术更深的一层。如果将来我能回到车间搞画盘……我非常自信，您信吗？"他的目光如同晨星闪出极亮的光。

火车在茫茫黑夜中，也是在冰天雪地里穿行。旅客大都睡了，走道上没人走动，只有沉重的车身在铁轨的接缝处跳动时，发出震耳而又有节奏的声音，刚才那么长时间，我几乎没听到这声音，甚至忘记自己在哪里。

"您困了吗？"华夏雨看了看手腕上发黄、玻璃罩破裂的旧表，"哟，五点半了，天快亮了，不到一小时我就到站，真对不住，耽误您整整一个夜晚。"

"不不,你的故事并没说完。你说,你的一切不幸都与五七年那些事有关,你还没说到底是谁陷害你。"

"没有谁。"

"那是罗家驹捏造的?"

"不,他只是利用了过去的材料。材料都是档案里的。"

"这倒怪了。既然没人陷害你,怎么档案里会有材料?我真糊涂了!"

华夏雨犹豫了一下,最后把真情告诉给我:

"……这么说吧!就在一个月前我来东北时,也是乘坐这辆车。在沈阳车站忽听有人叫我名字。一个女人,杨玫玫——我刚才没告诉您她的名字吧!就是在学院里相好的那个女同学,现在结婚了,一看她的精神和穿戴,就知道她生活得不错……甭提她在哪儿工作吧!她出差办事,没想到与我碰上,许多年没见,从她惊讶的表情上看,大概我的变化很大。聊不几句,她迫不及待把我拉到背静的地方,问我'文革'初期挨没挨斗。然后她用真诚又忏悔的口气告诉我,我们在天坛一次约会中,我曾把对反右运动的一些怀疑与不满对她讲了,她听后心里很害怕,担心这种可怕的思想妨碍我进步,就怀着天真与虔诚,原原本本汇报给了党支部。结果,这些都被记进了档案。'文革'期间,瓷厂找她外调,核实材料,她猜想我肯定为此遭殃。她不安、内疚，但不敢给我写信问问。她说：'你肯定给我的愚蠢害苦了。'我听得像吞进一罐冰水，从心里到皮肤外边全凉透了。我只是苦笑着。的确被她害苦了！同时还有点后怕——她既然告发了我，怎么还一直表示爱我呢？如果当初我留校，她多半会嫁我的。她怎么能够心安理得跟我一起生活呢？这真是不可思议。真叫人毛骨悚然呢！"

"你应当告诉她，就因为她，你被搞得妻离子散，家破人亡，差点把你整死。如果她有良心，叫良心折磨她去！"我气愤地说。

"良心人人有。不过有人凭良心做事，有人捂着良心做事。她既然肯把实情告诉我，自然是天良发现了！"

"你怎么对她说的？"

"我告诉她，我没挨过斗，一切挺好。而且说，她的话使我意外。"

"这——她怎么会相信？"

"当然不信。但她也不再追问下去了。她宁愿相信这是真的。您是作家，肯定能懂得她这种心理。凭我这句话，她能平平静静、心安理得过日子去。当我俩分手时，她把这么多东西塞给我，拒绝不了。糖、点心、肉肠，慌乱中还有她一只绒线手套。她终于在我这里得到一种解脱，自我的解脱。她像一只飞出笼子的小鸟那么快活,声音也像小鸟那么明亮……怎么,您笑我傻吗? 过于宽厚吗? 不,我已经为那件事付出几年苦役,何苦再把它压在另一个心灵上……她不是坏蛋,叫她快快活活去吧!"

我受到深深的感动,充满爱怜地瞅着这个温厚又不幸的人,动感情地说:"忘掉过去吧,未来一定比现在好。"我因为自己对生活无望,话说得不带劲,又大又空,不过是句流行的套话!

他的回答使我吃惊:

"不,如果我今天死了,我也要说,感激生活给予我的一切。如果我活下去,就该轮到我去报答生活了。"

我听着,感到自己不知不觉地被带进一片迷人、感人、冲击人的境界里。我这个对生活抱着恐惧、淡漠、拉开距离的人,重新感受到生活热浪的澎湃有力的拍打……我沉默了。当一种情感涌上来,最好把它先留在心里,让它慢慢回旋。那时是最幸福的。

车窗已然微明,窗口的东西模模糊糊显出它的颜色。我是不是受了这画家感觉方式的影响,也开始注意事物的颜色了?

华夏雨站起来,把手边的东西塞进包里,对我说:

"我该下车啦,我们……我们就分手吧! 我,我就祝您一切如意吧!"

"好。那就祝你……"我想了想说,"我希望能早日看见你的画盘!"

他的目光闪闪发亮。对于他,这显然比一切祝愿更好。他说:"一定!一定!"像表达一种信念。

火车的速度放慢了。

他从上边举下那纸箱子,弯腰把嘴对着箱角那个小洞说:"睡得香吗?"口气像对孩子。又说:"咱到家了,你可不准出声音啊!"

我伸过头去,说:"叫我看一眼好吗?"我很想瞧瞧这只人间罕见的狗。

火车一晃停了。车站,八楼,月台,栅栏门,在寒雾中迷蒙的影子出现在车窗上。我往纸箱里匆匆看了一眼,黑洞洞,什么也没瞧见,只闻到一股动物皮毛所特有的浓重的气味。

"哎,您帮我一下行吗?我必须顺利通过那道检票的栅栏门,不能在那儿折腾东西,弄不好叫人发现。不不,不用您送,只要这样就行。"他把画夹斜背在背上,再将纸箱扛在左肩上,右手提起破旅行包,"请您帮我把火车票拿出来,在上衣兜里……好,放在我嘴上,我用牙咬着就行了,对对,嗯。"他用牙咬着车票,不能说话了,便对我笑笑,表示谢谢。

他下车时,我们没法再说什么,只用目光打哑语,表示再见，表示祝福，表示一点点惜别。我从车窗上，看着他随着稀稀松松的人群，走到检票口，有点为他揪心。只见检票员从他嘴上取下车票，问他一句什么，他摇摇头，大概是说不留票底报销，便顺利通过。隔着栅栏，他扭过身，伸着脖子，朝我这边看看，我向他摆摆手，多半由于我把车厢的灯闭了，他没瞧见我，便转身走了……

我望着这扛着纸箱、渐渐走去的背影，我的心有一种泛泛的惆怅。应当为他祝愿什么呢？他的未来又将是怎样的呢？然而……这几年，我南来北往，这样的人见得不少。世人的苦难叫他们尝透了。但你从表面却看不出一点受苦的痕迹。有时，他们向你道出自己那些崎岖坎坷，使你难以置信！他们……他们真像一个奇妙的魔术袋，生活把一件件粗的、硬的、尖利的，强塞进去，不管接受起来怎么艰难，毕竟没把它撑破，最终还是被他们默默地消化掉了。他们的双眼，他们的心，还是执着地向着生活！生活，往往使一个对它绝望的人，也不肯轻易同它告别，不正因为它迷人的富有，它神秘的未知，它深藏的希望吗？那就不管身上压着什么，也勇敢地生活下去，我们伟大的中国人啊……

我在思想的洪流中恣意漫游，不觉眼睛仿佛给一种明澈的亮光照透。原来,火车早已出站,天已经亮了,窗外是一片阳光下闪闪烁烁汹涌的冰河。

/雕花烟斗/

一　老花农

他被这大盆光灿灿的凤尾菊迷住了。

这菊花从一人多高的花架上喷涌而出,闪着一片辉煌夺目的亮点点儿,一直泻到地上,活像一扇艳丽动人的凤尾,一条给舞台的灯光照得熠熠发光的长裙,一道瀑布——一道静止、无声、散着浓香的瀑布,而且无拘无束,仿佛女孩子们洗过的头发,随随便便披散下来。那些缀满花朵的修长的枝条纷乱地穿插垂落,带着一种山林气息和野味儿。在花的世界里,唯有凤尾菊才有这样奇特的境界。他顶喜欢这种花了。

大自然的美使他拜倒和神往。不知不觉间他一只手习惯地、下意识地从衣兜里掏出一个挺大的核桃木雕花烟斗,插在嘴角,点上火,才抽了几口,突然意识到花房里不准吸烟,他慌忙想找个地方磕灭烟火,一边四下窥探,看看是否被看花房的人瞧见了。

花房里静悄悄的，幸好没有旁人，他暗自庆幸。可就在这时，忽见身旁几片肥大浓绿的美人蕉叶子中间，有一张黑黑的老汉的脸直对着他。这张脸长得相当古怪，竟使他吓了一跳。显然这是看花房的人，不知什么时候站在这里的，而且没出一声，好像一直躲在叶子后边监视着他。一双灰色的小眼睛牢牢盯着他嘴上的烟斗，烟斗正冒着烟儿。他刚要上前承认和解释自己的过错，那老汉却出乎他的意料，对他招招手，和气地说：

"没关系，到这边来抽吧！"

他怔了一下，不觉从眼前几片蕉叶下钻过去。老汉转过身引着他走了几步，停住，这里便是花房的一角。

这儿，靠墙是条砖砌的土炕，上边的铺盖卷成卷儿，炕上只铺一张苇席；炕旁堆着一堆短把儿的尖头锄、长柄剪子、喷水壶、水桶、麻绳和细竹棍之类；炕前潮湿的黄土地扫得干干净净。中间摆一个矮腿的方木桌，只有一尺多高，像炕桌；隔桌相对放两把小椅子——实际上是凳子，不过有个小靠背，像幼儿园孩子们用的那种小椅子。桌椅没有涂漆，光光的木腿从地上吸了水分，都有半截的湿痕。桌面上摊开一张旧报纸，晾着几片焦黄的烟叶子……看来，这看花房的老汉，还是个收拾花的老花农呢！以前他来过这里几次,印象中似乎有这么个人,但从未注意过。

"您自管抽吧,这儿透气。"

老花农指指床上边一扇打开的小玻璃窗说,并请他坐下,斟了一碗热水,居然还恭恭敬敬放在他面前。这使他这个犯了错的人非常不安,也更加不明白老汉为什么如此对待他。

随后,老花农坐在他对面,打腰里拿出一杆小烟袋和一个圆圆的磨得锃亮的洋铁烟盒,打开烟盒盖儿,动手装烟叶。但这双手痉挛似的抖着,装了一阵子才装满。点上火抽起来,也不说话,却不住地对他露出笑容,还总去瞟他叼在嘴上的烟斗。他从老花农古怪的脸上,很难看出是何意思。是善意地讥笑他刚才的过失,还是对他表示好感呢?自己能引起别人什么好感来?他百思莫解,老花农却开了口:

"唐先生,您还画画不?"

他怔住了。"您怎么知道我姓唐?还知道我画画?"他问。

"啥?"老花农侧过右耳朵。

他大点声音又说一遍。

老花农两颊上的皱纹全都对称地弯成半圆形的曲线,笑眯眯地说:

"先前,您带学生到这儿来画过花儿,咋不知道。

您模样又没变……"

唐先生想了想,才想起这是60年代中期文化大革命的狂潮到来之前的事。由于这儿的花开得特别好,他曾带学生们来上写生课,而且是在他喜欢的这凤尾菊盛开的时节。事隔六七年,老花农居然还记得。尤其近几年的骤变,过去的事对于他犹如隔世的事,去之遥远。像他这样的一个红极一时的大画家,好比高高悬挂的闪烁辉煌的大吊灯,如今被一棒打落下来,摔得粉粉碎。那些五光十色、光彩照人的玻璃片片,被人踩在脚下,无人顾惜。他落魄了,被人遗忘了,无人问津了。原先整天门庭若市,现在却"门前冷落车马稀";那些终日缠在他身旁的名流、贵客、记者、编辑、门生、慕名而来的崇拜者,以及附庸风雅的无聊客,一概都不见了。他就是一张盖了戳的邮票,没有用处。而当下,居然被这老汉收集在记忆的册子里。他心里不禁泛起一阵酸楚和温暖的感动的微波。"您居然还记得我,好记性呀!可我,我现在……不常画了。"他因感慨万端,声调低沉下来。

"啥?"老花农又是那样偏过右耳朵。

"不常画了。"

"明白,明白。"老花农像个知心的人那样,深有所感似的、会意地点了点头。跟着加重语气说:"不过,还是该画，该画。您画得美，美呀……"

"我？可您并没见过我的画呀！"他想自己在这儿给学生们上写生课时，并没动手画过。一刹那，他觉得老花农在对自己客套，拉近乎。

"不！"老花农说，"您的画印出过画片，俺见过，画得美呀！"

老花农赞美的语气是由衷的，好像回味吃过的一条特别美味的鱼似的。看来，这老汉不只是在花房认识自己的，还注意过自己的作品，耳闻过自己的声名。难道在这奇花异卉中间，在这五彩缤纷的花的天地里，隐藏着一个知音吗？好似深山幽谷之间的钟子期？他惊异地望着对方。当他的目光在老花农古怪的脸上转了两转，这些离奇的猜想便都飞跑了——

谁能从这老花农身上、脸上和奇形怪状的五官中间找到聪慧、美的知识的影子呢？瞧，他穿一身皱巴巴的黑裤褂，沾满污痕，膝头和领口的部分磨得油亮；像老农民那样打着裹腿，脚上套一双棉鞋簍子；面色黧黑，背光的暗部简直黑如锅底，这颜色和衣服混成一色；满脸深深的皱纹和衣服的皱褶连成一气。他身子矮墩墩，微微驼背；罗圈腿，明显地向里弯曲。坐在那里，抱成一团，看上去像一个汉代的大黑陶炉，也只有汉代人才有那种奇特的想象，把器物塑造得如此怪异——他的脑门向外凸成一个球儿；球儿下边，便是两条猿人一般隆起的眉骨，眉毛稀少；眼睛小，眼圈发红，眸子发灰，有种上年纪人褪尽光泽而黯淡的眼神。下半张脸差不多给乱杂杂的短髭全盖上了。那双扇风耳，像假的，或者像唯恐听不清声音而极力挖开。尤其总偏过来的右耳朵，似乎更大一些……就这样一个老汉，给人一种不舒展、执拗和容易固守偏见的感觉，好似一个老山民，一辈子很少出山沟，不开通，没文化，恐怕连自己的名字都不会写；而且岁数大了，耳朵又背，行动迟缓而不灵便。他往烟袋里塞满烟叶子，一半掉落在外，也不去拾。掉多了，就垂下一只又黑又厚又粗糙的手，连地上的土渣一齐捏起来，按在烟锅里，并不在意。老年的邋遢使他显得有些愚笨。由于语言少，他夸耀唐先生的画时，除了"美，美呀"之外，好像再没有其他词语了。唐先生很少听人用"美"这个字眼儿来称赞画。这个字眼儿本身就含着很深的内容，尤其是现在给这样一个黑老汉的嘴里说出来，就显得很特别，不和谐，不可思议。这个"美，美呀"究竟是指什么而言，是何内容，难道是对自己的艺术发自内心的一种感受？唐先生心想，或许这老汉听人说过自己的大名，偶然还见过自己大作的印刷品，碰巧发生了一时兴趣，但仅仅是一种直觉的喜爱,与对艺术的理解无关。这种喜爱即便有理由,也是出于无知和对艺术幼稚的曲解。仿佛我们听鸟叫,觉得婉转动听,但完全不懂鸟儿们说些什么;两只鸟儿对叫,可能在相互生气谩骂,我们却以为它们在亲昵地召唤或对歌……

他俩坐了一阵子。老花农似乎无话可说,默默抽着烟。老花农烟抽得厉害,铜烟嘴一直没离开嘴唇。唐先生呢?也没有更多的话可说。不过,他不再像刚才那样——由于自己犯了花房的规矩而不安和发窘了。心里舒坦,滋滋有味地抽着自己的烟斗。可是他发现老花农仍在不时瞅他嘴上的烟斗。他不明其故。"您来尝尝我的烟斗丝吗?"他问。

"不!"老花农笑眯眯地说。他笑得又和善又难看。"俺是瞧您的烟斗挺特别……"

他的烟斗比一般的大。上边雕着一只肥胖的猫头鹰,栖息在一段粗粗的秃枝上,整个图形是浮雕的,凸出表面;背后是一个线刻的圆圆的大月亮,实际上只是一个大圆圈,却十分洗练,和浮雕的部分形成对比,画面显得十分别致和新颖。他把烟斗磕灭火,递给老花农。

"这烟斗是我自己刻的。"他说。

老花农接过烟斗,双手摆弄着,目不转睛地瞧着,然后扬起脸对唐先生赞不绝口："美，美，美呀！"那双灰色的小眼睛竟流露出真切的钦慕之情，使他见了，深受感动。这烟斗是他得意的精神产儿啊！但他跟着又坚信，烟斗上那些奇妙的变形和线条的趣味，绝不在老花农的理解之中。此时，他脑袋里还闪过一种对老花农并非善意的猜疑。他疑心老花农对他如此敬重，如此赞美，是看上了他的烟斗，想要这烟斗。他瞅着老花农对这烟斗爱不释手的样子，便说：

"您要是喜欢这烟斗，就送给您吧！"

不料，老花农听了一怔，脸上的表情变得郑重又严肃，赶忙把烟斗双手捧过来，说：

"不，不，俺要不得，要不得！"

"您拿去玩吧！我家里还有哪！"

"您有是您的。俺不能要！"

老花农一个劲儿地固执地摇脑袋，坚决不肯要。他客气再三，老花农竟有些急了，脸色很难看，黑黑的下巴直打战，好像被人家误以为自己贪爱他人之物，自尊心受不了似的。老花农激动得站起身，把烟斗用力塞回到唐先生的手掌里。唐先生只得作罢，将烟斗装上烟斗丝，重新插在嘴角，点上火。

这样，唐先生对陌生的怪模怪样的老花农的认识便进了一步，除了感到他个性十分固执之外，还感到他很质朴和诚实。对自己的敬重是实心实意的,没有任何利欲的杂质。尽管他依然确信老花农对艺术一窍不通,仅仅出自一种外行的欣赏方式,与自己毫无共同语言。但由于自己长时间受尽歧视,饱尝冷淡和受排斥的苦滋味,在这里所得到的敬重对于他便是十分珍贵的了。尤其这一片单纯、温厚、自然而然的人情,好比野火烧过的荒原上的花儿、寒风吹过的绿叶那样难得。

从此以后,尽管这花房离他家不算太近,他却常来坐坐,特别是在凤尾菊盛开的时刻。他来,看过花,便和老花农相对而坐。两碗冒着热气儿的开水,两个冒着白烟儿的烟锅。周围是艳丽缤纷的花的海洋,静静地吐着芬芳。没有一丝风儿,但可以一阵阵闻到牡丹的浓香,一会儿又有一股兰花的幽馨暗暗飘来。两人的话很少,常常默默地坐到薄暮。窗子还挺亮,花房内已经晦暗,到处是模模糊糊的色块,对面只能见到一个朦胧的人影。这时,老花农完全变成一尊大黑陶炉子。只有在一闪一闪的烟火里,才隐隐闪现出那副古怪的面孔。

从偶然、不多的几句话里,他得知老花农姓范,唐山北边的丰润县人,上几代都是花农;从30多岁他就来到这属于郊区公社的小花房工作,为市区各机关的会场增添色彩，给许许多多家庭点缀生活的美。他老伴早已病故，有个儿子，在附近的农场修水渠。这间充满阳光、花气和潮湿的泥土气味的小花房便是他的家。除此，再不知道旁的，似乎老花农再没有什么可以告诉他的了。两人默默对坐，并不因为无话可说而觉得尴尬，相反，却互相感受到一种满足。至于老花农以什么为满足，他很难知道。但他从老花农凝视着他和他嘴上的烟斗的含笑的目光里，已经明确地感觉到了——老花农难道真的懂得他的艺术，只是不善于表达？不，不！这雕花的烟斗，目前在他生活中、在他精神的天地里的位置，旁人是很难想象得到的。

二 画 家

一些巴黎的穷画家，曾经由于买不起画布和颜料，或者被饥肠饿肚折磨得坐卧不宁，就去给酒吧间的墙上画金月亮，换取一点甜酒、酸黄瓜、面包和亚麻布，跑到家，趁肚子里的食物没消化完，赶紧把心中渴望表达出来的美丽的形象涂在画布上。

我们的唐先生则不然。现在，所有的画家都靠边站，又没有课教，待在家无事可做。他每月15日可以到画院的财务室领到足够的薪金。天天把肚子塞得鼓鼓的,像实心球;精力有余,时间多得打发不出去。画瘾时时像痒痒虫弄得他浑身难受,但他不敢去摸一摸笔杆。

这是当时我们的文学艺术家们共同的苦恼。文坛上拉满带电的铁丝网,画苑里遍处布雷;笔杆好像炸弹里的撞针,摆弄不好,就会引来杀身之祸。

时间久了,锡管中黏稠的颜色硬结成粉块,好似昆虫学家标本盒里的死蚂蚱;画布被尘埃抹了厚厚的一层;笔筒中长长短短的画笔中间结上了亮闪闪的蛛丝……

他整天无所事事,又很少像从前那样有客来访,无聊得很。他怀念往事,怀念失去的一切,包括那飞黄腾达的岁月里种种出风头和得意的事情。那时,不用他去找,好事会自己跑上门来,还是请求他接受。如今却只有寂寞陪伴着他。但他总不能沉浸在回忆里,要摆脱。他曾同别人学过钓鱼、下棋、打牌,借以消磨时光;他却发现自己缺乏耐性,计算、推理和抽象认识的能力极差,无论怎样努力也养不成这些嗜好。他还学过一阵木工。虽然他50余岁,身子蛮壮,结实的肌骨里还蕴藏着不少力量,拉得了大锯,推得动大刨子。前几年的大风暴里,他的家具被抄去不少,自己动手做些应用的家具,倒还不错。经过努力,他的木工活学到能粗粗制成一张桌子或一个碗橱的程度,但没有一件家具能够最后完成,总是设计得好,做得差不多就没兴致了。草草装配上,刷一道漆色;往往是这里剩下一个抽屉把儿没安,那里还有一扇玻璃柜门没有装上去,就扔在一边,像一件件半成品,无精打采地站在屋子四边……他不能画画,就如同一个失恋的人,一时做什么事都打不起精神来。

一次,他闲坐着,嘴上叼一只大烟斗。无意间,目光碰到又圆又光滑、深红色的烟斗上。他忽然觉得上边深色的木纹,隐隐像一双敦煌壁画中的飞天人物;他灵机一动,找到一把木刻刀,依形雕刻出来,再用金漆复勾一遍,竟收到了意想之外的效果。这飞天,衣袂飞举,裙带飘然旋转,宛如在无极的太空中款款翱翔,并给阳光照得辉煌耀目。真有在莫高窟里翘首仰望时所得的美妙的感觉。那些刀刻的线条还含着一种他从未感受过的浓厚又独特的趣味。如此一来,一只普普通通的烟斗便变成一件绝妙的艺术品。一下子,他就像在难堪的囚居中找到一个新天地,在焦渴的荒漠中发现一汪清泉;像孩子突然拾到一个可以大大发挥一下想象的木头轮子似的,兴致勃勃、欣喜若狂地摆弄起这玩意儿来。

他钻到床底下,从一只破篮子里翻出好几个旧烟斗，几天内全刻了出来。有的刻上一大群扬帆的船；有的雕出一只啁啾不已、活灵活现、毛茸茸的小雏雀；有的仅仅划几条春风吹动的水纹，几颗淡淡的星；有的则仿照汉画中带篷子的战车，线条逼真地模拟出汉画拓片上那种浑古苍拙的味道。现成的烟斗刻完了，他就找来一些硬木头、干树根、牛角料，自制烟斗。雕刻的技术愈来愈精，从线刻到浮雕、高浮雕，有的还在表层打孔和镂空。再加上煮色、磨光、烫蜡和涂漆，精美无比。它和一般匠人们雕刻的烟斗迥然不同。匠人们靠熟练得近似油滑的技术，式样千篇一律，图形也都有规定的程式，严格地讲那仅仅算是玩意儿，不是艺术品。而唐先生的烟斗，造型、图纹、形象、制法，乃至风格，无一雷同。他把每只烟斗都当作一件创作，倾尽心血，刻意经营。在每一个两三公分高的圆柱体上，都追求一种情趣，一种境界……他把雕好的烟斗摆满一个玻璃书柜——里边的书早被抄去，原是空的——这简直是一柜琳琅满目、绝美的艺术珍品。在这里，可以见到世纪前青铜器上怪异的人形，彩陶文化所特有的酣畅而单纯的花纹，罗马建筑，蒙娜丽莎，日本浮世绘中的武士，北魏佛像，昭陵六骏，凯旋门，武梁祠石刻，韩幹的马，徐渭的牛，郑板桥的竹子，埃及的狮身人面像，华特·狄斯尼的卡通人物。这些图形都保持原来的艺术风格和趣味,不因模仿而失真。有的原是宏幅巨制,缩小千分之一刻在烟斗上,毫不丢掉原作的风神、气势和丰富感。还有些用怪模样的老树根雕成的烟斗,随形刻成嶙峋的山石,古鼎或兽头,海浪或飞云。文明世界的宝藏,人世间的万千景象,都是他摄取的题材。他的变形大胆而新奇。为了传神,常常舍弃把握得很准确的物象的轮廓;他在艺术上向来反对单纯地记录视网膜上的影像;在调色板上,他主张融进内心感受的调子。此时,他把这一切艺术理想都实现了。

他如同真正从事创作时那样,有时一干就是一整天。半夜里,有了想法也按捺不住跳下床来,操起雕刻刀。得意之时,还要把老伴推醒共同欣赏。老伴与他三十年前同毕业于一座艺术院校,有一样的理想和差距不大的才华。结婚后,老伴为了他,把个人的抱负收拾起来,或者说是全部地加入到他的理想中。瘦削单薄的肩膀挑起生活的重担,却以他的成功为欢乐,默默与他一起分享荣誉的快感和事业上的收获。当有人宣布他的前程已经被毁灭时,老伴表面上比他不在乎,心里反比他更沉重、更灰心失望。现在,老伴见他从多年的苦闷里找到一种精神的寄托,心中深感安慰。不管怎样,在旁人眼里烟斗是个玩物,不被留意。

画画的，不去画画，还有什么麻烦？有时，老伴见他居然从这么一个小东西上获得如此之多的快乐，还忍不住偷偷掉泪呢！

想想看，这一切老花农哪里懂得！如果说老花农是他的知音，恐怕是自寻安慰吧！然而，艺术家需要的不是家庭承认，而是社会承认。也许由于唐先生的周围万籁俱寂，无人赏识，无人喝彩，无人搭理他，太寂寞了；老花农这里发出的一个孤孤单单的苍哑的回声，多多少少使他得到一点充实。

三　时来运转

秋风一吹，大自然单调的绿色顷刻变得黄紫斑驳。又是一番姿色，又是赏菊的好时节。可是唐先生却没有到那离家较远的小花房去。他已经半年多没去了。

半年前，他被落实了政策，名画家的桂冠重新戴在头上。家里的客人渐渐多起来。好像堪堪枯谢的枝头又绽开花蕾，引来一群群蜜蜂、蝴蝶、小虫。编辑们来要稿，记者来采访，名流们穿梭不已。前几年销声匿迹的门生，又来登门求教。求画的人更是接踵不绝。他整天迎进送出，开门关门，忙得不亦乐乎。有时一群群闯进来，坐满一屋子，闹得他的画室像刚刚开业的小饭铺。

他给这些人缠着,什么也干不了。还有些人纯粹来泡时间,一坐就是半天。要不是他们自己坐得厌烦了,还不肯走呢!他对这些不知趣的人,尤其没有办法。有时他不说话,想把来访者冷淡走,偏偏这种人不善察言观色。甚至有人还对他说:"你的客人太多了,把你的时间都占去了,还怎么画画?你不能不搭理他们吗?"说话的人往往把自己除外,弄得他啼笑皆非。

然而,他被这么多人捧在中间,像众星捧月似的,毕竟很高兴。这是自己地位、名望、荣誉和价值的见证。前些年失掉的荣誉,像一只跑掉的鸟儿,又带着一连串响亮的鸣叫飞回来了。整天,喜悦如同一对小旋涡窝在他嘴角上,连睡觉时也停在他嘴角上缓缓转动。因此,人来人往,又使他得意、满足、引以为荣。此时,他忙得早把那无足轻重的老花农淡忘了。

烟斗呢?却非刻不可。因为来访者搞不到他的画,都设法要一只烟斗去。大凡这些要烟斗的人,其中没有几个真正懂得他寄寓在这小东西上奇妙的语言,也并非喜欢得不得了(尽管装得珍爱如狂),不过因为这是大名鼎鼎的"唐先生"刻的烟斗而已。好比有人向大作家要书,拿回去可能翻也不翻,要的是作家在扉页上的亲笔签名——但他必须应付这种事。几个月里,他摆在玻璃书柜里的烟斗被人们要去大半。他还要抽时间不断地雕出一些新的来,刻得却不那么尽心了,草草了事,人家照样抢着要。除非对方是艺术内行或什么大人物,他在构思用意和刻法上才着意和讲究一些。

他可以画画了,反而画不成,没时间。一时他的烟斗倒比他的画更出名。他快成烟斗艺术大师了。

一天,打一早就是高朋满座。一个矮胖胖,是位通晓些绘画常识的名作家;另两个身材一般高,都戴圆眼镜,若不是一个长脸盘,一个小脸盘,简直是一对儿。这两个是出版社比较有些资格的编辑,来催稿件;还有一位瘦高、长腿、像只鹤鸟的大个子,是位画家。大家当着他的面讨论他的绘画风格,自然都是赞美之词。那位长腿画家曾是唐先生的画友,多年来也曾登门,近来又成了座上客。此刻竟以唐先生的体己和知音的口气说话。

唐先生虽然听得挺舒服,但他要画画,并不希望这些人总坐着不走。昨晚他勾了一张草图,本想今天完成,但客人们一早就鱼贯而入,他又不好谢客,只得作陪。此时,大家已经抽掉一包带过滤嘴的香烟了,浓烟满室,都还没有告辞的意思。正在无可奈何之际,外边又有人敲门。他心里厌烦地说:"又来一个,今天算报销掉了!"便去开门。

打开门,不觉双目一亮。面前一大盆光彩照人的凤尾菊。一个人抱着这盆花,面部被花遮住。他怔了,是谁给自己送花来了呢?这么漂亮的花!

"谁?快请进!"

来人没吭声,慢吞吞走进来,把花儿放在地上。待来人直起腰一看,原来是半年多未见的老花农。是他把自己喜爱的花儿送到家里来了。

"唷,老范,是您呀!您怎么来的?抱来的吗?"

矮墩墩的老花农笑眯眯地站在他面前,前襟沾着土,他抱了这盆花走了很长的路,累了,额上沁出亮闪闪的汗珠,微微直喘,说不出话,只频频点头。

客人们都起身过来,围着地上这盆凤尾菊欣赏起来,兼有为主人助兴的意思。

唐先生请老花农坐下歇歇。老花农扭身本想就近坐在一张带扶手的沙发椅上,但他迟疑了一下没坐,似乎嫌自己一身衣服太脏。他见墙角的书柜前有个小木凳,就过去蹲下去坐在木凳上。唐先生没跟他客气,让过座位,倒了一杯热水给他,问道:

"怎么样,忙吗?"

"啥?"老花农还是那样偏过右耳朵。

"我问您忙吗?"唐先生放大音量又问一遍。

"噢,没啥忙的。半年没见您了。您不是爱凤尾菊吗?您要是再不来,花就开败了。今儿俺歇班,给您抱一盆来,您就在家瞧吧!"

老花农说着,打腰里掏出小烟袋和那个圆圆的洋铁烟盒,打开盖儿放在地上,装上烟叶末子,点了火抽起来。

客人们看过花,重新落座。唐先生也坐回到自己的一张大靠背的皮软椅上去,接着谈天。大家谁也没有把这个送花来的、蹲坐在一边的黑老汉当一回事。也没人和他说话,问他什么。唐先生也没和他搭腔,任他一旁抽烟、喝水,只是间或朝他无声地笑一笑,点一下头。老花农丝毫没有怨怪这些人不理他。他津津有味地听着这些人海阔天空地谈天。为了听清这些人的话,他把那右耳朵偏过来,时而皱起满脸皱纹,仿佛感到费解;时而又舒展面容,似乎领略到这些人话中的奥妙。他不声不响地坐在一旁,黑黑的脸上露出满足的神情,好像在享受着什么,如同当年在小花房里,与唐先生相对而坐、默默抽着烟时所表现出的那种满足。

后来他发现了身后陈列烟斗的玻璃柜,便站起身,面对柜子,见到这么多雕着花、千奇百怪的烟斗,他看呆了。而且距离柜门的玻璃面那么近,好像要挤进柜里去。嘴里呼出的热气把柜门弄污了,不断用手去抹。还禁不住发出一声声——对于他是唯一的、很特别的——赞叹声:"美,美,美呀……"

屋内的几位客人听到这声音,不以为然,并觉得这个傻里傻气、怪模怪样的黑老汉挺可笑。这使得唐先生感觉自己认识这么一位无知的缺心眼的怪老头很难为情。因此,没敢和老花农说话,生怕引他说出更无知可笑的话来,栽自己的面子。他尽力说些话扯开贵客们对老花农的注意,心里却巴望老花农快快告辞回去。

没人搭理老花农。待了会儿,老花农向唐先生告辞要回去了。唐先生一边和他客气着,一边送他到了大门外。

"耽误您们谈话了。"老花农歉意又发窘地说。

"哪的话!您给我送花来,跑了这么远的路。"他说着客套话。

"您怎么一直没来呢?今年的凤尾菊开得盆盆好。您很忙吧!"

唐先生听了,马上想到如果自己说"不忙",说不定这老花农没事就要来,便说:"何止忙呢,忙得不可开交呀!这些人整天没事,到这儿来泡时间,弄得我一点时间也没有。他们还找我要画,我哪来的时间画?!半年来,我一共才画了四张画,多半还是夜里画的。照这么下去,我非得跑到深山里躲躲去不可,否则什么也干不成!"他一边显得很烦恼,一边还透出两分得意的神色。

"呀!不画哪成!该画、该画……"老花农好像比唐先生更为忧虑。沉了片刻,他诚恳又认真地说:"要不,您到我的花房画去吧!"

"不,不……我,我离不开这儿。有时,有人找我,也确实是有事。您甭为我操心了,我自己慢慢再想些别的办法。"

老花农听罢,怔了怔,便说:"那我走了。您这儿还有客人哪!"随即转身慢吞吞地走去。

此后,老花农又来送过两次花,却没有露面,连门也没敲,而是悄悄把花儿放在门口,悄悄去了。这两次都是唐先生送客出来,发现了花,摆在门旁边。他便知是老花农送来的。他领会到老花农的用心,心里也受了感动。本想去看看老花农,但川流不息的来客,以及更重要的事情把这些念头冲跑了。

有一次,他送走几位来客,正打开窗子放放屋里的烟。忽听门外"咚"的一声,好像有人把一件沉重的东西放在地上。他忙走到门前,拉开门,只见门外台阶上又放了一盆美丽的花。一个矮墩墩、穿一身黑裤褂的老汉的背影,正离开这里走去。一看那微微驼背,慢吞吞迈着弧形步子的罗圈腿,立即认出是老花农。他招呼一声:"老范!"便赶上去。

他请老花农屋里坐,老花农说什么也不肯,摇着手说:"不,不,别耽误您的时间。"

"屋里没人。您坐坐,喘一喘再走。"

"不,您正好可以画画。俺不累,溜溜达达就回去了。"

"往后您别再跑这么远的路了。这一盆花得十多斤重。我要是看花,到花房去看好了。"唐先生说。

"您哪里有空呢?"老花农说。他牢牢记着上次唐先生埋怨没有时间工作的话,才一次次把花儿送来。

"可是……您送花,也不要我付钱,怎么成呢?哪能叫您白送。"

老花农摇着一双又厚又黑、短粗的手,说:

'没啥,没啥。俺就一个儿子,他做事,不要我的钱。我的钱用不了,没嗜好,也没处花,连烟叶子也是自己种的……您干啥要提钱呢!"

"可我怎么谢谢您呢?"

"啥?"

"我说,我总得谢谢您。"

老花农听了,在他黑黑发亮的铁球一般的鼓脑门下，两只无神的灰色的小眼睛直怔怔地盯着唐先生。

"您真的要谢谢俺？"

"是啊……"

"那……"老花农变得犹豫不决，然后他像下了决心那样地说，"您就送俺一只您刻的烟斗吧！"这时，他的表情既是一种诚恳的请求，也好像因为开口找人家要东西而不好意思，甚至拘窘。

"噢？行，没问题，我给您去拿一只去！"

唐先生说着，转身走进屋。一边想，这老范的性格真够怪的。自己刚和他认识那次，曾经要送给他一只烟斗，他怎么不要呢？

唐先生打开玻璃柜门，里边的烟斗不多了，最上边的一格仅仅还有五只。其中两只是他的杰作，一直没肯给人。另外三只是新近雕的，也属精品，但都有主儿了。这是一位诗人、一位市艺术处处长、一位电影大导演请他雕的。这几只烟斗完全可以摆在博物馆的陈列柜里。他没动这些，而从下边一层内一堆属于一般水平的烟斗中，选择一只刻工比较简单的，刻的是五朵牡丹花。还是他刚刚开始刻烟斗时的作品，艺术上还不太纯熟。但他以为，这对于不懂艺术的老花农来说，足可以了。便拿着这只烟斗，在手心里揉擦干净，走出去，给老花农。

老花农一见这烟斗,眼睛像一对灰色的小灯泡亮了起来。唐先生没注意到,这双小眼睛居然有这样的神采。

"您……"老花农欢喜得声音都震颤了,"您真的把这么好的烟斗送给俺吗?"

唐先生见老花农如此喜爱,心里也挺满意。这么一来,总算还了所欠对方送花的情。"是啊,您拿去吧!"说着,把烟斗递给老花农。

老花农双手郑重地接过烟斗。激动得磕磕巴巴地说:"谢谢您,唐先生,真谢谢您,俺回去了……"

他的目光一直没离开双手捧着的烟斗,走去了。

四 寂寞中的叩门声

唐先生坐在那张高背的皮椅子上,抽着烟斗。他显得疲惫不堪,软弱无力,身子坐得那么低,好像要陷进椅子里似的。那样子,仿佛一连干了三天三夜的重活,撑不住了,瘫在了这儿。

他的眸子黯淡无神,嘴角上那一对喜悦的旋涡不见了。天才入秋,他就套上两件厚毛衣,当下还像怕冷似的缩着脖子。屋里静得很,家具上蒙了一层薄薄的尘土,显然好几天没有擦抹过,没有客人来。

他的一幅画被莫名其妙地定为黑画——还是那个曾请他刻烟斗的艺术处处长定的。那位处长本来挺喜欢他的画,但为了迎合上边某种荒谬的理论,为了自己在权力的台阶上再登一级,亲手搞掉他。一下子,他又失去了一切。在受到一连串批判斗争之后,被撇在一边,听候处理。于是,他再一次落魄了,无人理睬了,每天从大门进出的又只剩下他和老伴两个。喧闹的人声从屋内消失,好似午夜后关了门的小饭铺,静得出奇。而玻璃书柜的第一层上,还摆着几只名人和要人请他雕刻的烟斗。这几只烟斗刻得精美极了,却放在那里,没人来取。他重新领略到歧视和冷漠的滋味;至于寂寞,他反而觉得挺舒服,挺难得,和这一次反复之前的感受大不一样。生活的变化使他获得多少积极和消极的处世哲理。反正他再不把那重新被夺去的荣誉、那众星捧月般虚幻的荣华,当作生活中失落的最宝贵的东西了。

这时,他听到有人轻轻叩门。已经许久没听过这声音了。他撂下烟斗,趿拉着鞋去开门。

打开门,不禁惊奇地扬起眉毛。原来一个人抱着一盆特大的金光灿烂的凤尾菊正堵在门口。因花枝太长,抱花盆的人努力耸着肩,把花盆抱得高高的,遮住他的脸,但枝梢还是一直拖到地上。

啊,是老花农——老范!不用说,肯定是他来了。他总是在这种时候出现;而在自己春风得意之时,他却悄悄避开了。并且总是不声不响地用一片真心诚意对待自己。唐先生感到一阵浓郁的花香,混着一股醇厚的人情扑在身上,心中有种说不出的乱糟糟的感触。嘴里忙乱地说:

"老范,老范,快请进,请进……好,好,就放在地上吧!这花儿开得多好!好大的一盆,重极了吧!"

来人把花儿放在地上,直起腰。他看了不由得一怔,来人竟不是老范。他不认得。是一个中等个子的青年人。穿件黑布夹袄,装束和气质都像个农民。手挺大,宽下巴,一双吊着的小眼睛,皮肤黑而粗糙;鞋帮上沾着黄土。

"你?"

"俺是您认得的那老范的儿子。"

唐先生听了,忽觉得他脸上某些地方确实挺像老范。忙请他坐,并给他斟了杯热茶。"你爹还好吧!这两天,我还正想去看他呢!"唐先生这话真切不假,毫无客套的意思。

不料这青年说:"俺爹今年夏天叫雨淋着,得了肺炎,过世了。"他的声音低沉。但好像事情已过了多日,没有显得强烈的悲痛与难过。

"什么？他？！"唐先生怔住了。

"俺爹病在炕上时，总对俺念叨说，唐先生最爱瞧凤尾菊。这盆是他特意给您栽的。他嘱咐俺说，开花时，他要是不在了，叫俺无论如何也得把花儿给您送来。"

唐先生听呆了。他想不到生活中还有这样的事。一个对于他无足轻重的人，竟是真正尊重他，真心相待于他的人……他心里一阵凄然，不知该说些什么话。他下意识地习惯地从茶几上拿起烟斗，可是划火柴时，手抖颤着，怎么也划不着。那青年一见到烟斗，忽然像想起什么似的说：

"唐先生，您知道，俺爹爹多喜欢您刻的烟斗吗？您曾经送给过他一只烟斗吧！他临终时对俺说：'你记着，俺走的时候，身上的衣服穿得像样不像样都不要紧，千万别忘了把唐先生那只烟斗给俺插在嘴角上。'"

"什么？"唐先生惊愕地问。他好像没听清这句话，其实他都听见了。

那青年又说一遍。他的脑袋嗡嗡响，却一个字儿也没听见。

直到现在，唐先生的耳边还常常响着那傻里傻气的"美，美呀"的苍哑赞叹声。于是，一个难解的问题便纠缠着他：这个曾用一双粗糙的手培植了那么多千姿万态的奇花异卉的老花农，难道对于美竟是无知的吗？那死去的黑老汉在他的想象中，再不是怪模怪样的了，而化做一个极美的灵魂，投照在他心上，永远也抹不去。每每在此时，他还感到心上像压了一块沉重的大石板似的，怀着深深的内疚。他后悔，当初老花农向他要烟斗时，他没有把雕刻得最精美的一只拿出来，送给他……

雪夜来客

"听,有人敲门。"我说。

"这时候哪会有人来,是风吹得门响。"妻子在灯下做针线活,连头也没抬。

我细听,外边阵阵寒风呼呼穿过小院,只有风儿把雪粒抛打在窗玻璃上的沙沙声,掀动蒙盖煤筐的冻硬的塑料布的哗哗啦啦声,再有便是屋顶上那几株老槐树枝丫穿插的树冠,在高高的空间摇曳时发出的嘎嘎欲折的摩擦声了……谁会来呢?在这个人们很少往来的岁月里,又是暴风雪之夜,我这两间低矮的小屋,快给四外渐渐加厚的冰冷的积雪埋没了。此刻,几乎绝对只有我和妻子默默相对,厮守着那烧红的小火炉和炉上咝咝叫的热水壶。台灯洁净的光,一闪闪照亮她手里的针和我徐徐吐出的烟雾。也许我们心里想的完全一样就没话可说,也许故意互不打扰,好任凭想象来陪伴各自寂寞的心。我常常巴望着有只迷路的小猫来挠门,然而飘进门缝的只有雪花,一挨地就消失不见了……

咚！咚！咚！

"不——"我要说确实有人敲门。

妻子已撂下活计，到院里去开门。我跟出去。在那个充满意外的年代，我担心意外。

大门打开。外边白茫茫的雪地里站着一个挺宽的黑乎乎的身影。谁？

"你是谁？"我问。

那人不答，竟推开我，直走进屋去。我和妻子把门关上，走进屋，好奇地看着这个莫名其妙的不速之客。他给皮帽、口罩、围巾、破旧的棉衣包裹得严严实实。我刚要再问，来客用粗拉拉的男人浊重的声音说：

"怎么？你不认识，还是不想认识？"

一听这声音，我来不及说，甚至来不及多想一下，就张开双臂，同他紧紧拥抱在一起。哟哟，我的老朋友！

我的下巴在他的肩膀上颤抖着：

"你……怎么会……你给放出来了？"

他没答话。我松开臂膀，望着他。他摘下口罩后的脸颊水渍斑斑，不知是外边沾上的雪花融化了，还是冲动的热泪。只见他嘴角痉挛似的抽动，眼里射出一种强烈的情绪。看来，这个粗豪爽直、一向心里搁

不住话的人,一准儿要把他的事全倒出来了。谁料到,他忽然停顿一下,竟把这情绪收敛住,手一摆:

"先给我弄点吃的,我好冷,好饿!"

"啊——好!"我和妻子真是异口同声,同时说出这个"好"字。

我点支烟给他。跟着我们就忙开了——

家里只有晚饭剩下的两个馍馍和一点白菜丝儿,赶紧热好端上来。妻子从床下的纸盒里翻出那个久存而没舍得吃掉的一听沙丁鱼罐头,打开放在桌上。我拉开所有抽屉柜门,恨不得找出山珍海味来,但被抄过的家像战后一样艰难!经过一番紧张的搜索,只找到一个松花蛋,一点木耳的碎屑,一束发黄并变脆的粉丝,再有便是从一个瓶底"磕"下来的几颗黏糊糊的小虾干了。这却得到妻子很少给予的表扬。她眉开眼笑地朝着我:"你真行,这能做一碗汤!"随后她像忽然想到一件宝贝似的对我说:

"你拿双干净筷子夹点泡菜来。上边是新添上的,还生。坛底儿有不少呢!"

待我把冒着酸味和凉气的泡菜端上来时,桌上总算有汤有菜、有凉有热了。

"凑合吃吧!太晚了,没处买去了。"我对老朋友说。

"汤里再有一个鸡蛋就好了。"妻子含着歉意说。

他已经脱去棉外衣,一件不蓝不灰、领口磨毛、袖口奔拉线穗儿的破绒衣,紧紧裹着他结实的身子,被屋里的热气暖和过来的脸微微泛出好看的血色。

他把烟掐灭,搓着粗糙的大手。眼瞪着这凑合起来的五颜六色的饭菜,真诚地露出惊喜,甚至有点陶醉的神情:"这,这简直是一桌宴席呀!"然后咽一口口水,说:"不客气了!"就急不可待地抓起碗筷,狼吞虎咽起来。他像饿了许多天,东西到嘴里来不及尝一尝、嚼一嚼,就吞下去,还一个劲儿、无限满足、呜噜呜噜地说:"好极了,真是好极了,真香!"

这仅仅是最普通、最简单,乃至有点寒酸的家常饭呀,看来他已经许久没吃到这温暖的人间饭食了。

女人最敏感。妻子问他:

"你刚刚给放出来,还没回家吧!"

我抢过话说:"听说你爱人曾经……"我急着要把自己知道的情况说出来。

他听了,脸一偏,目光灼灼直对我。我的话立即给他这奇怪却异常冷峻的目光止住了,嘴巴半张着。怎么?我不明白。

妻子给我一个眼色,同时把话岔开:

"年前,我在百货大楼前还看见嫂子呢!"

谁知老朋友听了,毫无所动。他带着苦笑和凄然

摇了摇头,声调降到最低:

"不,你不会看见她了……"

怎么?他爱人死了,还是同他离婚而远走高飞了?反正他的家庭已经破碎,剩下孤单单的自己,那么他从哪儿来,到哪儿去?

一时,我和妻子不知该说什么,茫然无措地望着他,仿佛等待他把自己那非同寻常的遭遇说出来。

他该说了!若在以前,他早就说了——

我等待着……然而,当他的目光一碰到冒着热气儿的饭呀菜呀,忽然又把厚厚的大手一摆,好像把聚拢在面上的愁云拨开,脸颊和眸子顿时变得清亮,声调也升高起来:

"哎,有酒吗?来一杯!"

"酒?"我和妻子好像都没反应过来。

"对!酒!这么好的菜哪能没酒?"他说。脸上露出一种并非自然的笑容。但这笑容分明克制住刚才那浸透着痛楚的愁容了。

"噢……有,不过只有做菜用的绍兴酒。"妻子说,"咱北方人可喝不惯这种酒。"

"管它呢!是酒就行!来,喝!"他说。话里有种大口痛饮、一醉方休的渴望。

"那好。"妻子拿来酒,"要不要温一下?"

"不不,这就蛮好!"他说着伸手就拿酒。

还是妻子给他斟满。他端起酒叫道:

"为什么叫我独饮?快两年没见了,还能活着坐在一起,多不易!来来来,一起来!"

真应该喝一杯!我和妻子有点激动,各自斟了一杯。当这漾着金色液体的酒杯一拿起来,我感觉,我们三人心中都涌起一种患难中老友相逢热烘烘、说不出是甜是苦的情感。碰杯前的刹那,我止不住说:

"祝你什么呢?一切都还不知道……"

他这张宽大的脸"腾"地变红,忽闪闪的眸子像在燃烧,看来他要依从自己的性格,倾吐真情了。然而当他看到我这被洗劫过而异常清贫的小屋,四壁凄凉,他把厚厚的嘴唇闭上,只见他喉结一动一动,好像在把将要冲出喉咙的东西强咽下去。他摆了摆手,用一种在他的个性中少见的深沉的柔情,瞅了瞅我和妻子,声音竟然那么多愁善感:

"不说那些,好吧!今儿,这里,我,你们,这一切就足够了。还有什么比这一切更好?就为眼前这一切干杯吧!"

一下子,我理解了他此时的心情。我妻子——女人总是更能体会别人的心——默默朝他点头表示同意。

我们把酒朝他举过去,好像两颗心,"当"地碰响了他那微微却强烈地抖动的杯子。

我们各饮一大口。

酒不是水,它不能把心中燃起的情感熄灭,相反会加倍地激起来。

瞧他——抓起身边的帽子戴上头又扔下,忙乱的手把外边的绒衣直到里边衬衫的扣子全解开了。他的眉毛不安地跳动着,目光忽而侧视凝思,忽而咄咄逼人地直对着我;心中的苦楚给这辛辣的液体一激,仿佛再也遏止不住而要急雨般地倾泻出来……

我和妻子赶忙劝他吃菜、饮酒,不给他说话的机会。只要他张开嘴,不等他说,就忙抓起酒杯堵上去。

我们又像在水里拦截一条来回奔跑的鱼,手忙脚乱,却又做得不约而同。

他,忽然用心地瞧我们一眼。这眼肯定对我们的意图心领神会了。他便安静下来,表情变得松弛平和,只是吃呀、饮呀,连连重复一个"好"字……随后就乐陶陶地摇头晃脑。我知道他的酒量,他没醉,而是尽享着阔别已久的人间气息,尽享着洋溢在我们中间纤尘皆无的透明的挚诚……不用说,我们从生活的虚伪和冷酷的荆棘中穿过,当然懂得什么是最宝贵的。生活是不会亏待人的。它往往在苦涩难当的时候,叫你尝到最甜的蜜。这时,我们已经互相理解,完全默契了。我给他点上烟。抽着烟,我们相对不语,只是默然微笑着。隔着徐徐的发蓝的烟雾,对方可亲的笑容或隐或现。是啊,现在似乎只有微笑才能保住这甜蜜的情景。由于这微笑是给予对方的,才放进去那么多关切、痛惜、抚慰和鼓励,才笑得这么倾心、这么充实、这么痴醉,一直微笑得眼眶里颤动着发涩的泪水来。

如果任何美好的事物都是有限的,我们今天的相见就应该到此为止。恰恰这时,老朋友拿起帽子扣在头上,起身告辞了。啊,我们可是真正懂得怎样爱惜生活了!

外边依旧大风大雪,冰天冻地。

在冷风呼啸的大门口分手的一瞬,他见我嘴唇一动,忙伸手打个手势止住我。我朝他点头,也算做告别吧!他便带着一种真正的满足,拉高衣领,穿过冰风冷雪去了。

他至走什么也没说。

那天,我和妻子不知在寒风里站了多久。

大风雪很快盖住他的脚印。一片白茫茫,好像他根本没来过。这却是他,留给我的一块最充实的空白……

/ 高女人和她的矮丈夫 /

一

你家院里有棵小树,树干光溜溜,早瞧惯了,可是有一天它忽然变得七扭八弯,愈看愈别扭。但日子一久,你就看顺眼了,仿佛它本来就应该是这样子。如果某一天,它忽然重新变直,你又会觉得说不出多么不舒服。它单调、乏味、简易,像根棍子!其实,它不过恢复最初的模样,你何以又别扭起来?

这是习惯吗?嘿,你可别小看"习惯"!世间万事万物中,它无所不在。别看它不是必须恪守的法定规条,惹上它照旧叫你麻烦和倒霉。不过,你也别埋怨给它死死捆着,有时你也会不知不觉地遵从它的规范。比如说,你敢在上级面前喧宾夺主地大声大气地说话吗?你能在老者面前放肆地发表自己的主见吗?在合影时,你能叫名人站在一旁,你却大模大样站在中间放开笑颜?不能,当然不能。甭说这些,你要老婆，敢娶一个比你年长十岁，比你块头大，或者比你高一头的吗？你先别拿空话哉火，眼前就有这么一对——

二

她比他高十七厘米。

她身高一米七五，在女人们中间算做鹤立鸡群了；她丈夫只有一米五八，上大学时绰号"武大郎"。他和她的耳垂儿一般齐，看上去却好像差两头！

再说他俩的模样：这女人长得又干、又瘦、又扁，脸盘像没上漆的乒乓球拍儿。五官还算勉强看得过去，却又小又平，好似浅浮雕，胸脯毫不隆起，腰板细长僵直，臀部瘪下去，活像一块硬挺挺的搓板。她的丈夫却像一根短粗的橡皮辊儿；饱满，轴实，发亮；身上的一切——小腿啦，脚背啦，嘴巴啦，鼻头啦，手指肚儿啦，好像都是些溜圆而有弹性的小肉球。他的皮肤柔细光滑，有如质地优良的薄皮子。过剩的油脂就在这皮肤下闪出光亮，充分的血液就从这皮肤里透出鲜美微红的血色。他的眼睛简直像一对电压充足的小灯泡；他妻子的眼睛可就像一对乌乌涂涂的玻璃球儿了。两人在一起，没有协调，只有对比。可是他俩还好像拴在一起，整天形影不离。

　　有一次，他们邻居一家吃团圆饭时，这家的老爷子酒喝多了，趁兴把桌上的一个细长的空酒瓶和一罐矮墩墩的猪肉罐头摆在一起，问全家人："你们猜这像嘛？"他不等别人猜破就公布谜底，"就是楼下那高女人和她的矮爷儿们！"

　　全家人轰然大笑，一直笑到饭后闲谈时。

　　他俩究竟是怎么凑成一对的？

　　这早就是团结大楼几十户住家所关注的问题了。自从他俩结婚时搬进这大楼，楼里的老住户无不抛以好奇莫解的目光。不过，有人爱把问号留在肚子里，有人忍不住要说出来罢了。多嘴多舌的人便议论纷纷。尤其是下雨天气，他俩出门，总是那高女人打伞。如果有什么东西掉在地上，矮男人去拾便是最方便了。大楼里一些闲得没事儿的婆娘们，看到这可笑的情景，就在一旁指指画画。难禁的笑声，憋在喉咙里咕咕作响。大人的无聊最能纵使孩子们的恶作剧。有些孩子一见到他俩就哄笑，叫喊着："扁担长，板凳宽……"他俩闻如未闻，对孩子们的哄闹从不发火，也不搭理。可能为此，也就与大楼里的人们一直保持着相当冷淡的关系。少数不爱管闲事的人，上下班碰到他们时，最多也只是点点头，打一下招呼而已。这便使那些真正对他俩感兴趣的人们,很难再多知道一些什么。比如,他俩的关系如何?为什么结合一起?谁将就谁?没有正式答案,只有靠瞎猜了。

这是栋旧式的公寓大楼,房间的间量很大,向阳而明亮,走道又宽又黑。楼外是个很大的院子,院门口有间小门房。门房里也住了一户,户主是个裁缝。裁缝为人老实,裁缝的老婆却是个精力充裕、走家串户、爱好说长道短的女人,最喜欢刺探别人家里的私事和隐秘。这大楼里家家的夫妻关系、姑嫂纠纷、做事勤懒、工资多少,她都一清二楚。凡她没弄清楚的事情,就要千方百计地打听到;这种"求知欲"能使愚顽成才。她这方面的本领更是超乎常人,甭说察言观色,能窥见人们藏在心里的念头;单靠嗅觉,就能知道谁家常吃肉,由此推算出这家收入状况。不知为什么,60年代以来,处处居民住地,都有这样一类人被吸收为"街道积极分子",使得他们对别人的干涉欲望合法化,能力和兴趣也得到发挥。看来,造物者真的不会荒废每一个人才的。

尽管裁缝老婆能耐,她却无法获知这对天天从眼前走来走去的极不相称的怪夫妻结合的缘由。这使她很苦恼,好像她的才干遇到了有力的挑战。但她凭着经验,苦苦琢磨,终于想出一条最能说服人的道理:

夫妻俩中，必定一方有某种生理缺陷。否则谁也不会找一个比自己身高逆差一头的对象。她的根据很可靠：这对夫妻结婚三年还没有孩子呢！于是团结大楼的人都相信裁缝老婆这一聪明的判断。

事实向来不给任何人留情面，它打败了裁缝老婆！高女人怀孕了。人们的眼睛不断地瞥向高女人渐渐凸出来的肚子。这肚子由于离地面较高而十分明显。不管人们惊奇也好，质疑也好，困惑也好，高女人的孩子呱呱坠地了。每逢大太阳或下雨天气，两口子出门，高女人抱着孩子，打伞的事就落到矮男人身上。人们看他迈着滚圆的小腿、半举着伞儿、紧紧跟在后面滑稽的样子，对他俩居然成为夫妻，居然这样形影不离，好奇心仍然不减当初。各种听起来有理的说法依旧都有，但从这对夫妻身上却得不到印证。这些说法就像没处着落的鸟儿，"啪啪"地满天飞。裁缝老婆说："这两人准有见不得人的事。要不他们怎么不肯接近别人？身上有脓早晚得冒出来，走着瞧吧！"果然一天晚上，裁缝老婆听见了高女人家里发出打碎东西的声音。她赶忙以收大院扫地费为借口，去敲高女人家的门。她料定长久潜藏在这对夫妻间的隐患终于爆发了，她要亲眼看见这对夫妻怎样反目，捕捉到最生动的细节。门开了，高女人笑吟吟迎上来，矮丈夫在屋里也是笑容满面，地上一只打得粉碎的碟子——裁缝老婆只看到这些。她匆匆收了扫地费出来后，半天也想不明白这对夫妻之间到底发生了什么事。打碎碟子，没有吵架，反而像什么开心事一般快活。怪事！

　　后来，裁缝老婆做了团结大院的街道居民代表。她在协助户籍警察挨家查对户口时，终于找到了多年来经常叫她费心的问题答案，一个确凿可信、无法推翻的答案。原来这高女人和她的矮丈夫，都在化学工业研究所工作。矮男人是研究所总工程师，工资达一百八十元之多！高女人只是一名普普通通的化验员，收入不足六十元，而且出生在一个辛苦而赚钱又少的邮递员家庭。不然她怎么会嫁给一个比自己矮一头的男人？为了地位，为了钱，为了过好日子，对！她立即把这珍贵情报，告诉给团结大楼里闲得难受的婆娘们。人们总是按照自己的思维方式去解释世界，尽力把一切事物都和自己的理解力拉平。于是，裁缝老婆的话被大家确信无疑。多年来留在人们心里的谜，一下子被揭开了。大家恍然大悟：原来这矮男人是个先天不足的富翁，高女人是个见钱眼开、命里有福的穷娘们儿。当人们谈到这个模样像匹大洋马却偏偏命好的高女人时，语调中往往带一股气。尤其是裁缝老婆。

三

人命运的好坏不能看一时,可得走着瞧。

1966年,团结大楼就像缩小了的世界,灾难降世,各有祸福,楼里的所有居民都到了"转运"时机。生活处处都是巨变和急变。矮男人是总工程师,迎头遭到横祸,家被抄,家具被搬得一空,人挨过斗,关进牛棚。祸事并不因此了结,有人说他多年来,白天在研究所工作,晚上回家把研究成果偷偷写成书,打算逃出国,投奔一个有钱的远亲。把国家科技情报献给外国资本家——这个荒诞不经的说法居然有很多人信以为真。那时,世道狂乱,人人失去常态,宁肯无知,宁愿心狠,还有许多出奇的妄想,恨不得从身旁发现出希特勒。研究所的人们便死死缠住总工程师不放,吓他,揍他,施加各种压力,同时还逼迫高女人交出那部谁也没见过的书稿,但没效果。有人出主意,把他俩弄到团结大楼的院里开一次批斗大会;谁都怕在亲友熟人面前丢丑,这也是一种压力。当各种压力都使过而无效时,这种做法,不妨试试,说不定能发生作用。

那天,团结大楼有史以来这样热闹——

下午研究所就来了一群人,在当院两棵树中间用粗麻绳扯了一道横标,写着那矮子的姓名,上边打个叉;院内外贴满口气咄咄逼人的大小标语,并在院墙上用十八张纸公布了这矮子的"罪状"。会议计划在晚饭后召开。研究所还派来一位电工,在当院拉了电线,装上四个五百烛光的大灯泡。此时的裁缝老婆已经由街道代表升任为治保主任,很有些权势,志得意满,人也胖多了。这天可把她忙得够呛,她带领楼里几个婆娘,忙里忙外,帮着刷标语,又给研究所的革命者们斟茶倒水,装灯用电还是从她家拉出来的线呢!真像她家办喜事一样!

晚饭后,大楼里的居民都给裁缝老婆召集到院里来了。四盏大灯亮起来,把大院照得像夜间球场一般雪亮。许许多多人影,好似放大了数十倍,投射在楼墙上。这人影都是肃然不动的,连孩子们也不敢随便活动。裁缝老婆带着一些人,左臂上也套上红袖章。这袖章在当时是最威风的了。她们守在门口,不准外人进来。不一会儿,化工研究所一大群人,也戴袖章,押着高女人和她的矮丈夫,一路呼着口号,浩浩荡荡地来了。矮男人胸前挂一块牌子,高女人没挂。他俩一直给押到台前,并排低头站好。裁缝老婆跑上来说:"这家伙太矮了,后边的革命群众瞧不见。我给他想点办法!"说着,带着一股冲动劲儿扭着肩上两块肉,从家里抱来一个肥皂箱子,倒扣过来,叫矮男人站上去。这样一来,他才与自己的老婆一般高,但此时此刻,很少有人对这对大难临头的夫妻不成比例的身高发生兴趣了。

大会依照流行的格式召开。宣布开会,呼口号,随后是进入了角色的批判者们慷慨激昂的发言,又是呼口号。压力使足,开始要从高女人嘴里逼供了。于是,人们围绕着那本"书稿",唇枪舌剑地向高女人发动进攻。你问,我问,他问;尖声叫,粗声吼,哑声喊;大声喝,厉声逼,紧声追……高女人却只是摇头,真诚恳切地摇头。但真诚最廉价,相信真诚就意味着否定这世界上的一切。

无论是脾气暴躁的汉子们跳上去,挥动拳头威胁她,还是一些颇有攻心计的人,想出几句巧妙而带圈套的话问她,都给她这恳切又断然的摇头拒绝了。这样下去,批判会就会没结果、没成绩,甚至无法收场。研究所的人有些为难,他们担心这个会开得虎头蛇尾;乘兴而来,败兴而归。

裁缝老婆站在一旁听了半天,愈听愈没劲。她大字不识,既对什么"书稿"毫无兴趣,又觉得研究所这帮人说话不解气。她忽地跑到台前,抬起戴红袖章的左胳膊,指着高女人气冲冲地问:

"你说,你为什么要嫁给他?"

这句突如其来的问话使研究所的人一怔。不知道这位治保主任的问话与他们所关心的事有什么奇妙的联系。

高女人也怔住了。她也不知道裁缝老婆为什么提出这个问题。这问题不是这个世界所关心的。她抬起几个月来被折磨得如同一张皱巴巴的枯叶的瘦脸,脸上满是诧异的神情。

"好啊!你不敢回答,我替你说吧!你是不是图这家伙有钱,才嫁给他的?没钱,谁要这么个矮子!"裁缝老婆大声说。声调中有几分得意,似乎她才是最知道这高女人根底的。

高女人没有点头,也没摇头。她好像忽然明白了裁缝老婆的一切,眼里闪出一股傲岸、嘲讽、倔强的光芒。

"好,好,你不服气!这家伙现在完蛋了,看你还靠得上不!你心里是怎么回事,我知道!"裁缝老婆一拍胸脯,手一挥,还有几个婆娘在旁边助威,她真是得意到极点。

研究所的人听得稀里糊涂。这种弄不明白的事,就索性糊涂下去更好。别看这些婆娘们离题千里地胡来,反而使会场一下子热闹起来。没有这种气氛,批判会怎好收场？于是研究所的人也不阻拦，任使婆娘们上阵发威。只听这些婆娘们叫着：

"他总共给你多少钱？他给你买过什么好东西？说！"

"你一月二百块钱不嫌够，还想出国，美的你！"

"邓拓是不是你们的后台？"

"有一天你往北京打电话，给谁打的，是不是给'三家村'打的？"

会开得成功与否，全看气氛如何。研究所主持批判会的人，看准时机，趁会场热闹，带领人们高声呼喊了一连串口号，然后赶紧收场散会。跟着，研究所的人又在高女人家搜查一遍，撬开地板，掀掉墙皮，一无所获，最后押着矮男人走了，只留下高女人。

高女人一直待在屋里，入夜时竟然独自出去了。她没想到，大楼门房的裁缝家虽然闭了灯，裁缝老婆却一直守在窗口盯着她的动静。见她出去，就紧紧尾随在后边，出了院门，向西走了两个路口，只见高女人穿过街在一家门前停住，轻轻敲几下门板。裁缝老婆躲在街这面的电线杆后面，屏住气，瞪大眼，好像等着捕捉出洞的兔儿。她要捉人，自己反而比要捉的人更紧张。

"咔嚓"一声，那门开了。一位老婆婆送出个小孩。

只听那老婆婆说:

"完事了?"

没听见高女人说什么。

又是老婆婆的声音:

"孩子吃饱了,已经睡了一觉。快回去吧!"

裁缝老婆忽然想起,这老婆婆家原是高女人的托儿户,满心的兴致陡然消失。这时高女人转过身,领着孩子往回走,一路无话,只有娘俩的脚步声。裁缝老婆躲在电线杆后面没敢动,待她们走出一段距离,才独自怏怏地回家了。

第二天一早,高女人领着孩子走出大楼时眼圈明显地发红,大楼里没人敢和她说话,却都看见了她红肿的眼皮。特别是昨晚参加过批斗会的人们,心里微微有种异样的、亏心似的感觉,扭过脸,躲开她的目光。

四

矮男人自批判会那天被押走后,一直没放回来。此后据消息灵通的裁缝老婆说,矮男人又出了什么现行问题,进了监狱。高女人成了在押囚犯的老婆,落到了生活的最底层,自然不配住在团结大楼内那种宽敞的房间,被强迫和裁缝老婆家调换了住房。她搬到离楼十几米远孤零零的小屋去住。这倒也不错,省得经常和楼里的住户打头碰面,互相不敢搭理,都挺尴尬。但整座楼的人们都能透过窗子,看见那孤单的小屋和她孤单单的身影。不知她把孩子送到哪里去了,只是偶尔才接回家住几天。她默默过着寂寞又沉重的日子,30多岁的人,从容貌看上去很难说她还年轻。裁缝老婆下了断语:

"我看这娘们儿最多再等上一年。那矮子再不出来,她就得改嫁。要是我啊——现在就离婚改嫁,等那矮子干吗,就是放出来,人不是人,钱也没了!"

过了一年,矮男人还是没被放出来,高女人依旧不声不响地生活,上班下班,走进走出,点着炉子,就提一个挺大的黄色的破草篮去买菜。一年三百六十五天,天天如此……但有一天,矮男人重新出现了。这是秋后时节,他穿得单薄,剃了短平头,人大变了样子,浑身好似小了一圈儿,皮肤也褪去了光泽和血色。他回来径直奔楼里自家的门,却被新户主、老实巴交的裁缝送到门房前。高女人蹲在门口劈木柴,一听到他的招呼,刷地站起身,直怔怔地看着他。两年未见的夫妻,都给对方的明显变化惊呆了。一个枯槁,一个憔悴;一个显得更高,一个显得更矮。两人互相看了一会儿,赶紧掉过头去,高女人扭身跑进屋去，半天没出来，他便蹲在地上拾起斧头劈木柴，直把两大筐木块都劈成细木条。仿佛他俩再面对片刻就要爆发出什么强烈而受不了的事情来。此后，他俩又是形影不离地一起上班，一起下班回家，一切如旧。大楼里的人们从他俩身上找不出任何异样，兴趣也就渐渐减少。无论有没有他俩，都与别人无关。

一天早上，高女人出了什么事。只见矮男人惊慌失措地从家里跑出去。不一会儿，来了一辆救护车把高女人拉走。一连好些天，那门房总是没人，夜间也黑着灯。二十多天后，矮男人和一个陌生人抬一副担架回来，高女人躺在担架上，走进小门房。从此高女人便没有出屋。矮男人照例上班，傍晚回来总是急急忙忙生上炉子，就提着草篮去买菜。这草篮就是一两年前高女人天天使用的那个，如今提在他手里便显得太大，底儿快蹭地了。

转年天气回暖时，高女人出屋了。她久久没见阳光的脸，白得像刷一层粉那样难看。刚刚立起的身子左倒右歪。她右手拄一根竹棍，左胳膊弯在胸前，左腿僵直，迈步困难，一看即知，她的病是脑血栓。从这天起，矮男人每天清早和傍晚都搀扶着高女人在当院遛两圈。他俩走得艰难缓慢。矮男人两只手用力端着老婆打弯的胳膊。他太矮了，抬她的手臂时，必须向上耸起自己的双肩。他很吃力,但他却掬出笑容,为了给妻子以鼓励。高女人抬不起左脚,他就用一根麻绳,套在高女人的左脚上,绳子的另一端拿在手里。高女人每要抬起左脚,他就使劲向上一提绳子。这情景奇异、可怜,又颇为壮观,使团结大楼的人们看了,不由得受到感动。这些人再与他俩打头碰面时,情不自禁地向他俩主动而友善地点头了……

五

高女人没有更多的福气在矮小而挚爱她的丈夫身边久留。死神和生活一样无情。生活打垮了她,死神拖走了她。现在只留下矮男人了。

偏偏在高女人离去后,幸运才重新来吻矮男人的脑门。他被落实了政策,抄走的东西发还给他了,扣掉的工资补发给他了。只剩下被裁缝老婆占去的房子还没调换回来。团结大楼里又有人眼盯着他,等着瞧他生活中的新闻。据说研究所不少人都来帮助他续弦,他都谢绝了。裁缝老婆说:

"他想要什么样的,我知道。你们瞧我的!"

裁缝老婆度过了她的极盛时代,如今变得谦和多了。权力从身上摘去,笑容就得挂在脸上。她怀里揣一张漂亮又年轻的女人照片,去到门房找矮男人。照片上这女人是她的亲侄女。

她坐在矮男人家里,一边四下打量屋里的家具物件,一边向这矮小的阔佬提亲。她笑容满面,正说得来劲,忽然发现矮男人一声不吭,脸色铁青,在他背后挂着当年与高女人的结婚照片,裁缝老婆没敢掏出侄女的照片,就自动告退了。

几年过去了,至今矮男人还是单身寡居,只在周日,从外边把孩子接回来,与他为伴。大楼里的人们看着他矮墩墩而孤寂的身影,想到他十多年来一桩桩事,渐渐好像悟到他坚持这种独身生活的缘故……逢到下雨天气,矮男人打伞去上班时,可能由于习惯,仍旧半举着伞。这时,人们有种奇妙的感觉,觉得那伞下好像有长长一大块空间,空空的,世界上任什么东西也填补不上。

/临街的窗/

你有你的窗,
我有我的窗,
他有他的窗,
还有一个窗。

——题记

"等等,哎!等等——"

我叫。把胳膊尽量伸长,使劲摇,为了叫驾驶室里那穿花格衬衫的小子看见、听见。

小子!不知他真没听见,还是装的。黄色大推土机,举着亮闪闪的推铲,轰鸣着,直朝前边一片残垣断壁开去,好似一头巨型怪兽,眼看要吞掉这些大地震后遗留的残骸。我在满地硌脚的破砖碎瓦上连蹦带跳冲过去,怒气冲冲站在推铲前,对这小子大喊:

"等等!不行!"

推土机"哐当"一声猛地刹车。这小子一头天然卷

发,像朵大葵花从驾驶室窗口伸出来,下巴由于使劲往前挺而发亮,对我恶吼:

"找死? 我就轧死你!"

他那双凹在深眼窝里的漂亮的眼睛,凶起来,立即充血,像一对小红灯泡闪闪发光。

我没搭理他,扭身直往那片横七竖八的破壁走去。

"干吗去? 没金条,只有狗屎,傻蛋!"

一堵墙,一堵墙,一堵墙……早已破败、松散,有的只剩下半截,带着大地震时砖块错位形成的楼梯状裂缝。缝里已然钻出很长的草,甚至树芽、小花。但,这不正是那些住家的墙壁吗? 残留的灰皮,已经很难辨认出原先刷过的颜色;有的净是钉子和钉子眼儿;有的还挂着塑料布,早给风撕成碎条儿,无精打采地飘呀飘……那一堵,那一堵,它在哪儿呢? 就该在这儿呀! 紧挨着福安街。对,瞧前边,碎砖块中凸露出来的那又细又长的石条,不就是先前大街两旁的便道边吗?

难道那墙地震时倒了,还是后来有人用砖,把它扒了?

"大个儿! 你再不出来,我不干啦。我正想抽烟歇会儿呢,可活干不完,扣钱,你得掏……哎,听见没有? 你戳在那儿干吗,找地方上吊? 哎哎,你直眉愣眼看嘛呢?"

在这儿,我看见了!找到了!它居然还在,还在!这墙,这墙上的窗子,这绝对是世界上绝无仅有的窗子,这绝对是第二个人想也想不出来的窗子,这绝对是任何人都不可能再重复的窗子!你就是走遍天下,看尽英国人的、德国人的、日本人的、印第安人的、哈尼族人的、充满怪诞想法的中世纪人的,还是同样充满怪诞想法的现代人的,他们都不会创造出这样一扇独一无二的窗子!

呵呵,这窗子!

嘿嘿,这窗子!

呀呀,这窗子!

唉唉,这窗子!

这是这窗子的歌。

一 呵、呵

七年前,我在教堂后房管站的修缮队木工组干临时工,跟着正式在职的木工们,入户给住家修理门窗、地板、顶棚。活是轻活,入户干活更是美差。户主好不容易把我们请去,自然是好烟好茶,好脸待承。进门照例一屁股坐下去,先和户主聊大天,抽足喝足,起身来锯锯刨刨、钉钉敲敲,也算活动一下坐紧巴了的身子骨。干个把小时,脚底下抹油,"哧"地就走,活没完,第二天接着,反正日子有的是。

这天打早就阴天,滴答雨点,老天爷开恩,索性也不用入户了。哥儿几个把桌上的刨花一划拉,哗哗洗牌,打"大跃进",赌烟卷。组长黄茶壶(这是他外号,由于贪喝茶水得此大名),泡了一大缸子浓茶,把早晨从家带上身的一整包烟,从中掰开,往桌上一撂,打算这一下就干到晌午。不料没打几圈,烟盒瘪下去,就要空壳。他顾不得摸茶缸,双手抓着牌,竟攥出水来。目光变得如狼似虎,死盯着别人甩出的牌,连最爱耍贫嘴的骆小六,也不敢吱声,怕他翻脸。他浑身肉,干活时也从没绷得这么紧。我有意扔出张小牌,给他活路,他还是没牌出,看来这家伙今儿真是走霉字儿了。

这当儿,门一开,曹站长满脸不高兴地说:"行了,雨住了,你们也该打住了,找点活干吧!"说完立刻带上门走了。大概他知道,工人们不会给他好脸看。

黄茶壶不甘心这么结束,一拍桌子说:

"把口袋的烟掏出来,全押上,赢输就这一把了!"

这儿他说了算,洗牌,又交一把。那时这家伙阳气正壮,该他不绝,大小鬼,四个"3",两个"2",

外加五星,叫他一手摸去,再一口气甩出来,谁也拦不住,满赢,全拿。哥儿几个大眼瞪小眼,骆小六一张牌没出手。"痛快! 痛快!"黄茶壶乐得露出黑紫的牙花子,伸手把桌上的烟卷全塞进衣兜。

"不行,接着来,我们一把最多赢你三根,凭嘛你一把就兜底儿! 纯粹地主对长工那套,你是不是想换成分?"骆小六趁他高兴,拿话怄他。自己却真有点气。

"去你妈的! 再来,叫你连裤子都输进来,走不出这屋子去! 没见你老子转运了? 换成分? 老子家打根就是贫农,换血也换不了成分,你要看着眼馋,想沾光,现在过继给我也不晚,哈哈! 不服气? 今儿就老实在家,和老倪锯木板子吧! 大个儿(指我,我身高一米九)、陈荣胜,跟我入户干活去!"

黄茶壶极得意,一条眉毛直往上挑。他忽然问我,他最后甩出的那张牌是几。

"梅花9。"我说,"怎么?"

黄茶壶笑呵呵,叫陈荣胜查查"住户房屋修缮登记本"。他说:

"你从头往后数,哪户登记排在第九,咱就去那家干活。叫这户也沾沾光,走点运。"

大家都觉得这法儿挺开心。

"找到了吗？找到了，哪儿？"黄茶壶问。

"福安街一百二十七号后院。"

"倒还近。姓嘛？"

"俞。"

"不认得。嘛活？"

"开窗户。这户登记快两年了，还是1970年呢！这可真该他走运了。"

黄茶壶忽然脸一暗：

"噢，是那户，不去，换一户！"

"为嘛？"

"你和这家有过节？"

"不，压缩户。咱不伺候他们！"黄茶壶说。端起缸子喝茶，像往嘴里倒，嗓子眼儿响，肚子也响。

骆小六蹲在木条凳上说："真是榆木疙瘩脑袋！愈是压缩户，待咱愈客气。不单你刚才硬夺去那两口袋烟卷省下了，还保准十块钱一两的龙井，灌足你这夜壶。你不去，我去！"他一挺肚子，从凳上跳下来。

我自己家挨了抄，也是压缩户。由于是临时工，他们不知道。我总穿绿褂子，破裤子，骂骂咧咧，他们便以为我和他们一样。大概出于一种同命相怜，不禁替这想开窗户的人家说话，当然，我用另一种口气说：

"黄头,你要换一户,不是第九,你可把手气也换掉了!"

黄茶壶怔一下,忽然"呸"一口,把留在嘴里的茶叶吐出来,朝我和陈荣胜一撇嘴说:

"走——叫他妈占一次便宜吧!"

"别中了糖衣炮弹。"骆小六笑道。

"滚蛋!这叫作'生活上给出路',这是政策,懂吗,傻小子!"

"咱三人这叫'落实政策小组',对吧!"我笑嘻嘻起着哄,拥着一齐去了。

这是大杂院。走到顶头,一拐,穿过一条一人宽的夹道,再顶头,只一间小屋,单扇小门。门一边有个跟隙望孔差不多大小的窗洞,装着几根炉条似的铁栏,不像住房,不知当初干什么用的。从方向上看,它背靠福安街,肯定是想在临街那面墙上开个窗子,好透气。这屋比院子低,站在门外,屋檐和眉毛一般齐。黄茶壶的嗓子挺冲:"有姓俞的吗?房管站的!"紧接着就一句,"没人就走啦!"

"哗"地门儿打开,一张黄瘦脸儿,眼镜片闪光,客客气气把我们让进去。别看他没有任何反常,头一面,我就觉得这人不大正常。

屋里有股油漆烯料味儿,虽然混在浓重的潮气里,还是很明显,往鼻孔里钻。这人是干什么的?

"你不是登记要开窗户吗?经过研究,今儿决定给你……"黄茶壶挺神气,边说边找椅子,就坐下来,等这人拿烟沏茶了。可是他忽然"哟"的一声。我们几个同时一怔,好像被大炮一起击中,不分先后。原来靠福安街那边墙上已经开了窗子!不大不小,对开的两扇窗,玻璃挺亮。

黄茶壶脸色变了,好像他的什么好东西叫人抢先截走了。

"谁叫你自己开窗户?"

这姓俞的瞪大眼,似乎比我们还惊讶。

"别装傻,公房原建筑一点不准动,私开窗户是违法的,破坏国家财产,谁不懂?"

黄茶壶好横,看来解释、认错、讨饶,都无济于事。谁料这姓俞的,眼镜片直冒光,却不像镜片反光,而是从镜片后边闪出来的。他居然挺兴奋。

"好,你还不当事!听着,现在——你马上给我堵上,随后写写检查。一式两份,一份交给你们单位,一份送到我们站里去。听明白了吗?堵吧,我看着你堵!"

姓俞的却摊开双手,表示不知该怎么做,神气要笑。这人!缺心眼儿,还是成心气黄茶壶?

"把窗子先落下来,再用砖、沙子灰堵,怎么开的,就怎么堵上,恢复原样,一点儿也不能差!"

"落下来?怎么落……"他终于露出笑容。

黄茶壶脸上的肉直抖,他受不了一个压缩户,跟他装傻卖呆。

我虽然对这倒霉的人抱些同情,却也觉得他做得有点过分。又担心黄茶壶这火药罐子脾气炸了。才要说两句了事的话,忽然一激灵。因为我离窗子近,发现这窗子根本不是开的,竟然是画在墙上的!奇了,真奇了!站在三步外,冷眼一瞧,决看不出来。这样逼真,木头窗框、窗棂、铁拉手、玻璃真像装上去的!天下还有这种以假乱真的能耐?不亲眼见,绝没有我现在这种惊奇到顶的感觉。

黄茶壶哪知道,他把事情闹大,就会下不了台。我拉拉他衣袖,小声告他,这窗子是画的。黄茶壶一怔,一眼仍旧没有瞧出来,上去一步,才看出真相。为了验证虚实,弯起手指敲敲这窗,发出敲墙皮的声音。他也傻了。这一傻,使他有点蠢。泄了气的肉,就像放下的帘子,松松地耷拉在脸上,嘴呆呆成一个洞。"画的?"他半天才说。还是句等于没说的傻话。

姓俞的,像小孩做了得意的事那样,很高兴。在黄茶壶看来,就是气他了。他没认出画窗,白白神气一通,空发威,却没法再发怒,画窗户并不违法。

下台阶的办法只剩下一个,就是朝我和陈荣胜说声:"走。"这个字说得倒厉害,实际上却是放空炮了。

我们出来时,好像打败仗。

"这家伙为嘛画窗户?"

寻思半天,谁也猜不透。

"别是特务暗号?"陈荣胜虽然瞎逗趣,却也想邪乎了。

黄茶壶突然叫道:

"我懂了。准是这四眼狗嫌咱们不给他开窗户,成心画一个,叫咱们认不出,给咱们难堪,对吧!这四眼狗还真有两把刷子,也够阴损,不声不响,愣把咱涮了……这正好,冲这就不给他开了,叫他使唤这死窗户吧,闷死他!怎么样?哎,大个儿,听没听见?"

我听见又没听见。因为眼前总浮着刚才那窗户,心里总体会着头一眼瞧那窗户时信以为真的感觉。我上学时,喜欢画,眼力不错,它究竟怎么能硬把我的眼睛骗了?呵、呵,这窗子!

二 嘿、嘿

这天下班,我拿了几根大木头、小半口袋沙子灰,还有锯、凿子、锤子、瓦刀,去到那姓俞的家,进门

坐下来就对他说:

"你犯不上和房管站斗气!生气等于气自己。对不?别以为他们跟你认真,其实你开不开窗户,跟他们有嘛关系?只要你不认真,没有认真的事——这些都别说了!今儿我把家伙、材料全捎来,放在这儿,明天我歇班,帮你把窗户开了!"

谁料他马上伸出一只瘦瘦的手直摇,拦着我说:

"不,我不开了!"

"你又何必固执?这小屋矮,又不透气,伏天还不把你蒸熟了?"我笑,劝他。

"不——"

"为什么?"我有点不高兴,觉得这人有点不识路子。

"不——"他只说这一个字。

我瞅他一眼。他瘦得暴出筋来的细脖子,支撑着梨核似的小脑袋,还是馋嘴啃过的梨核,没剩下多少肉。厚厚的眼镜片,好比汽水瓶的瓶底,把他眼睛放大得像马眼。这眼直怔怔、没有任何内容地看着我,对我这诚心诚意、一厢情愿来帮助他的人,也没有半点感激之意。

我真想骂他。当然,我不会骂,话里也就不免夹些棱角:

"告你,我是临时工,不是房管站的人,没责任更没义务给你修房。今儿来,纯粹自愿,看你困难,帮你一把。再有……你是压缩户,我猜,多半是狗崽子吧!别生气,我也是,咱们同类,算有点狗气相通,我才来的,早知你就会说这个'不'字,我不该动热肠子!"

人与人之间,有各种锁,各种钥匙,一把锁一把钥匙,碰对了就开。他马上冲动起来。这人冲动时好怪,两只手晃来晃去,好像不知放在哪儿才好,跟着放在我双肩上,摁我坐下,开口把底儿告诉我:

"原先我是打算开个窗户的,后来我发现,这房子隔街是'清理指挥部'……"

对了,街那边的大楼就是"清理指挥部"呀!开了窗,正对着那大门。穿军装的"清指"人员,被押进押出的"犯人",抓人的吉普车,那森严的、酷热的、令人心惊胆战的气息,都从窗子透进屋来。我想到自己——我哥哥爱鼓捣无线电,被关进"清指"审查过一个半月,我去送过一次绒衣和糖票。那气氛,叫我半分钟也不肯多待就跑出来了。他开开窗子,不等于搬进"清指"去住一样吗?太可怕了!

"可是,没窗子,憋得难受,我就画了一个——这个。"

原来他画窗子,并不为了跟任何人斗气,只为他自己,我点头,不用再说,全明白。

"要我也这么干!可惜我不会画画。过去我倒喜欢画,也喜欢写诗,没才,干不了这个。唉,跟你不值一提。哎,我说,你为什么不在窗上画点什么,叫窗外有点景致多好,这样光秃秃的!"

这随便一句话,竟在我俩之间产生通电般的效果。一下子,我觉得他亮了一下,整个人像灯泡一样亮了一下。他跳起来,从墙角拿起画板、颜料和笔,调颜色,在窗上画起来。动作快得像救火,或者像火一样扑到那窗上去。

活生生的一切,活生生地出现了。

树,远树,远树像沉默的人,一个个无声地站在雾里。那雾是它们的思索还是谜,它们给谜团般的思索包裹着;再远,是只剩下灵魂的远山。这灵魂是超脱的,因此永远清醒又永远宁静……这一来,坐在屋里的感觉全然不同了,就像在山间一座小楼里,透过窗户所望、所感受、所沉浸到的一样,一片万虑皆空、飘洒自如的境界弥漫心中。心被它洗了,干干净净,没有尘埃,像做隐士。我是凡人,但我想做隐士一定这样,这样美。我忽发奇想,顺口说:

"这可好,你会画,你想在什么环境里,就可以在窗子上画点什么。"

他的眼睛好像跑到镜片外边来,惊奇地闪了闪,朝我叫道:"啊,你救了我!"然后不再搭理我,背过身,面对这画窗,不住惊叹道,"嘿嘿,这窗子!嘿嘿,这窗子!嘿嘿……"

我对他说话,他竟听不见。

我想起前年,表婶在学校,给学生们折腾死,我和表叔说话,表叔忽然瞪着眼说我是法海和尚。他的眼凶得像鹰眼。后来我知道他突然疯了。精神病急性发作,真吓人。那时留下的一种惊恐感,此刻又出现了。但这姓俞的并没疯,他转过脸来时,眼神并不发直,晶晶莹莹,颤动着。他恳求我:

"让我自己待一会儿吧!"

我点头,马上就走,留下他和那画窗。

三 呀、呀

我承认,我对这人有兴趣。由于他的画?神经质?他给人一种"不必提防感"——这是人与人之间最难得的。

可是,只和人家接触一次,怎好无缘无故再去打扰?我曾经想借碴儿修理房子去串门,但不久我就离开了房管站。原因是站里提出要我"转正",大概看中我肯干活。临时工被"转正",真是叫上帝吻脑门了。我一听,马上辞退房管站,不干了。人家都骂我傻、蠢、怪,猜不透我,其实很简单,我认为临时工是我们社会上的吉卜赛人,到处游荡,没人管,最自由。我受不了各种"正规"约束。这样,我也没借口到那姓俞的家去了。

凡事有无意,一切都仿佛来得自然而然。

我给老婆买吸奶器,到处买不到,转来转去,忽然云彩上来了。一起风,大雨点就砸下来。我刚要钻进一个门洞躲雨,里边呵斥道:"别在这儿,走!"一看牌子,竟是"清理指挥部",吓我一跳,更不安全的地界!哎——我突然发现,对面不就是那姓俞的家吗?我跑去敲门,正巧他在。我俩说话的当儿,外边的雨狂了,正像天上的银河决了口子,一条大河掉下来了。

他还那样。眼镜、黄脸、细脖、瘦手。

我告他,我现在到罐头厂洗鱼;他说,他还在轧钢三厂看仓库。其实我头一次就知道他看仓库,我并不惊讶。真正画画的,未必在画画那些部门和单位,干什么和能干什么,向来是两码事。

人生从来不是对号入座的——我在自己的诗里写过这句,还挺自鸣得意,因为常常碰到这句。

我扭脸看那窗,目光没有浸进原先那恬淡的风景里,而是即刻被一种纯净的夜色所融化。窗子里换了景物!他重新画了,换成了黑黑而透明的夜空,只有一些疏疏落落又光秃秃的树枝;清冷的、微蓝的月光隐约分出这些枝丫的远近层次;似乎有几颗遥远的星星,在树枝间闪着微弱黯淡的光……

"这可不如原先的。"我说,"虽然也挺美……但有点凄凉,对吗?"

他正在给我斟水,听了我的话,水没斟,暖壶一放,走过来。他的脸与我的脸好近,他的眼睛与我的眼睛只隔那一对厚厚的镜片,他的呼吸好像用我的鼻孔了。他的声音激动又神秘:

"美,凄凉,全对!你的感觉全对!谢谢你,朋友!"

听到"朋友"两字,我心里一热。

他的脸忽然缩小——他猛然把脸后撤,扭过去,面朝着这夜色空濛的窗子,木头一样立着,念念叨叨地说,分明讲给我:

"我和她天天就在这儿说话,那一阵,她害怕我的目光时,就命令我:'你抬头看!'我抬头就看见这树。看这树时,我听见我俩的心跳声,乱成一团……但她是师长的女儿。她终于相信,她爸爸更爱她,参军去了。临走那天,我们说好在这儿分手。我推着自行车走来,开始没看见她。我这眼镜真该重配了。我以为她不来了。走近,忽见她就站在树下,穿棉军装,一条深色围巾包着头,只露一张脸,好白,她那表情……我忙停住车,向她走去。走了两步,车子'哐当'一声,在身后倒了。我没管,还往前,直走到她面前。她一瞧我的眼睛就说:'你抬头看!'又是这树。我耳朵嘣嘣响,但不再是我们的心跳声。我的心不跳了,心里只响着她走去的脚步……我就一直望着这树,不去瞧她走去的背影。瞧呀瞧呀……回来的当晚,我就把这树画在窗上。有了这窗子,熬过那段日子就不那么艰难了。有时,望着这夜空、这树,恍惚她并没走,还在我身边,只要一低头,就能瞧见她。但我不低头,使劲盯着这窗,直到能感觉到她身体的气息,感觉到站在我身边的活生生的她的实体……"

他喃喃不停。背后桌上的暖瓶,没盖盖儿,瓶口无声地飘着热气儿。

我看着这窗,渐渐也好似进入这窗中。听不见外边的风声雨声,现实和现在都不复存在了。我也浸在昨天那凄婉的故事里。这树,这夜空,我觉得更美、更凄凉,却不是一般感受上的空泛的美和凄凉,而是充实的美和充实的凄凉。显然,世界上没有比这更好的窗和比这窗子更好的了。虽然它中间,含着生活的冰冷与残酷……别说了,就这样,也只能这样。

如果没有这窗子,他会怎样?

呀、呀,这——窗——子!

四 唉、唉

那是冬天,很冷。四面单砖的墙太薄,一个小煤球炉子烧不暖,屋角总聚着寒气。我俩各抱一个装热水的玻璃瓶暖手,望着那窗。窗外是暖洋洋的春天,从窗子上边垂下一些藤萝的芰蔓,绿叶都被阳光照得半透明,中间夹着几嘟噜怒放的淡紫色的花,一只大蜜蜂趴在玻璃上,大概采蜜采得太多太累,一动不动,一道黑、一道黄的肚子鼓胀得像个球儿。

"小时候,年年五月里,我家的窗户就这样。一开窗户,大蜜蜂就闯进来,不敢开,屋里挺热,但花香却从窗缝钻进来……妈妈总在屋里用鼻子使劲吸,吸花的香味,吸着吸着,她就闭上眼,享受这花香……"

他镜片后的眼睛也闭起来,醉了一般。我不觉冷了,甚至也感到了花的香味。这真是奇妙的感受!

这期间,我断断续续去过他家几趟。有时为了帮他的忙。他几乎没什么朋友,生活上没什么办法。他那装热水的瓶子还是我从医院里弄来的葡萄糖注射液瓶,因为这种瓶子放热水不炸。表面看来,他的心绪还好,但我总为他有点担心,担心什么,那时我并不清楚。有时,我说,你可以参加外边的美术活动,比如画展。其实那些画展我从来不看,报上的画也不认为是画。拿这些说服不了自己的话,去劝别人,自然没劲。

他倒常常更换窗上的画。有时换上一片忧伤的秋色,换上一片闪电照亮的云天;伏天里,小屋真像蒸笼,光膀子,有汗味和人肉味,他的窗子便换上一片灿烂而神奇的冰花,或是一片寥廓旷远、鸟兽绝迹的冰天雪地。目光放上去,心立刻就静了。

"你这窗子的季节,正好和大自然的季节相反。"

"不,它是我内心的季节。"

"反现实的?"

"还有一种内心的现实。"

"有人说过,生活追求一种现实,艺术追求两种现实。对吗?"

"是的。两种现实,两种真实!"

"真好!我就没有这么一扇随心所欲的窗子。生活没什么,你给它什么。"

"不不,我没什么,它给我什么!"

一次,我叩他门时,听到他在和谁说话。这是从来没有过的,我没在他屋里见过别人。

"你真可爱,天天陪着我,我唱个歌儿给你听好吗?呵……呵呵呵呵……呵呵……呵呵……"

又像情话,又像疯话。

"噢,是你。"

他开开门,把我让进去。屋里没别人,我正犯疑惑,只见窗台趴着一只胖胖的大花猫,隔着玻璃向里张望。一双大眼睛孩子似的直瞧着我。无论我站在哪里,它都瞧着我。这并不奇怪,我知道,画肖像画时,只要让被画的目光直对自己,结果都这样。

噢,原来刚刚他是和它说话。

"这倒好,不用喂,也跑不了,可惜不会叫。"我笑道,"齐白石在画上就题过——可惜无声。"

"喵喵——喵。"

忽听猫叫,我一怔。他大笑,原来是他学的。我俩一齐笑起来。他边笑,还一个劲儿边学猫叫,直笑得接不上气,叫不出声来。忽然,他的笑像刹车那样突然停止,认认真真对我说:

"其实,它总在叫,只有我能听见。"

声音很低,最低的声音下边,好似压着一点苦味的东西。

我默然,没应和,更没往下谈,生怕把他那苦味的东西掀出来。

下一次再去看他,大花猫没了,换了一群开心的小麻雀,站在电线上,一齐朝屋里唱歌。此后,又换了几块飘忽忽的云块,飞在半空中打旋的落叶,沙漠,瀑布,苍茫水天中的一片孤帆,幽深的江南小巷……我最喜欢的是,他画了一些树影,映在玻璃上。我不明白,那玻璃和映在上边的树影是怎么画出来的。静静地瞧,还有被微风撩动时婆娑摇曳的感觉。真是美极了,宁静极了,安闲极了。

这一阵子,他的心绪似乎很好,窗上的画换得也勤。每换一幅窗景,小屋就换一种气氛,坐在屋里就换一种心境。然而,每每看这更换了画面的窗景,我还有一种惋惜和担忧。惋惜旧的画面被盖在下边,担忧不久它又被新的画面遮盖起来。那是一幅幅多么迷人的画面!纵使将来有天大的能人,也无法将这些重合在一起的画面,一幅幅剥离开,重现出来;我眼巴巴、无可奈何地看着这不为世人所知的独绝的艺术,一次次诞生,一次次毁灭。但生活,一切过往的、现时的生活不都这样吗?

一边创造,一边销毁。生活……

此后,大约半年多光景,我没去他家。这因为那年冬天,我转到东局子以北、地道外的一家印刷厂烧锅炉,老婆闹肾炎,一边盯着炉火,一边盯着老婆的尿里有没有沉淀,还得往托儿所接送孩子,忙得我几乎把他忘了。一天,赶巧到教堂后找人给厂里买红木,做刨床,想到他,绕个小弯儿来看他。进门就觉得气氛不对,他印堂发暗,没精神,好像生了大病,一下子老了许多。本来他这种人,既不显年轻,也不易显老的。怎么连眼镜片也不反光了?屋里这么暗!不等问他,却见那窗子挂着厚厚的帘子。

"怎么,你怎么了?"我问。

他不作声。我隐约感觉,曾经担心过的某种东西出现了。我走到窗前,刷地拉开窗帘,眼睛登时一亮,好像被什么刺一下,原来他在这窗上画满阳光。一扇被阳光直射、照透的窗子。我兴奋地叫:

"啊,多明亮的窗子,多美好的阳光,你——哎,你为什么不望着它,你只要望它一眼,你的心都会被照亮、照透、照得发光的!"

我加高声音,想用热情冲击他、感召他。我还是认准这窗子能给他所需要的一切。

他却突然直着眼朝我叫起来:

"你为什么只瞧那里,不瞧别处?你瞧桌子!桌上的东西!瞧椅子!瞧暖瓶!暖瓶!瞧我!我的脸!瞧这屋里的一切……"

我不明白,他叫我瞧这些做什么?他疯了吗?他继续叫着:

"阳光?哪里呢?既然有光,那么影子呢?反光呢?在哪儿?哪怕一点点,你看呀!根本没有……没有!全是假的!"

他的神情,想笑又想哭。我反而放心了,他没疯,他现在最清醒,他从来没有这么清醒过。

"算了吧!朋友!"他说,"它骗了我们那么久!该……结……束……了。"他颓丧到极点。

阳光夺目的窗子,黑暗的屋子,这便是我看到的最逼真又最不可思议的景象。

他抬起手,把窗帘慢慢拉上。

这窗子本来是不存在的啊!

唉、唉,这窗子!

大地震时,据说他这小屋正在地震带上。不管这说法科学不科学,塌了,他成了房顶和地面的"夹馅"。这是我在灯具厂做临时工时,另一个姓蔡的临时工告诉我的。这姓蔡的曾在轧钢三厂干过四年,常到仓库里领东西,认识看仓库的"俞眼镜"。他说这人不错,缺心眼儿,不琢磨人,只是有点神经,砸死之前的一年里，愈来愈不正常。下班时，叫另一个管仓库的稀里糊涂锁在库里，第二天上班才发现。他出来时，没有发火，还笑，脸冻得发青，腿脚全冻麻了。钢厂的仓库里没有遮身挡体的，没冻死他就算命大。听说，他父亲在运动初期寻了短，母亲改嫁给一个干部。父亲的污点便叫他一人担当，像一块黑记，挂在他脸上。他别无亲属，地震时屋里的东西被砸得粉粉碎。无论他对这世界，还是这世界对他，互无牵挂。他的尸体，是工厂去人弄出来火化的。丧葬费，连同他半个多月的工资，没人领，在账上销了。人间不动声色地打发掉他。

只剩下这窗子了，日晒雨洗，已然很淡，如模糊的梦境，但它毕竟还在。本来不存在的东西，反倒存在着。生活比人更会开玩笑。

我想，我们这些清理震后垃圾的工人们中，肯定有人发现过这画在破墙上的窗户，肯定奇怪，却无人能解。世上的谜多得是，这一个算什么，哪有人费劲去猜？

唉、唉，这窗子！

轰隆隆，轰隆隆，轰隆隆……
我惊醒。那穿花格衬衫的小子，已经把我身后的

几堵墙推倒。透过腾起的烟尘,传来他的叫喊:

"你再不躲开,我连你一起推了!"

推!我恨不得尽快把它推倒,轧碎,铲平。我正要朝那小子喝道:"推呀,你还等什么?"忽然犹豫起来,我又希望它再多保留一会儿,哪怕一分钟,两分钟,三分钟……

/胡 子/

有本时尚杂志说,胡子是男性美最鲜明的标志。还说男人的雄性、刚性、野性都在这黑乎乎糊满了下巴的胡茬子上——这话可不是真理!对于我认识的老蔡来说,胡子可不是什么美,而是他的命运。

老蔡从13岁起唇上就长出软髭。这些早生的黑毛长长短短,稀稀拉拉,东倒西歪,短的像眉毛,长的像腋毛。他正为这些讨厌的东西烦恼时,黑毛开始变硬,渐渐像一根根针那样竖起来。一次和同学扭打着玩,这硬毛竟把同学的手背扎破,多硬的胡子能扎破人的手背?那不成刺猬的刺了吗?因而他得了一个外号,叫刺猬。从此再没人敢和他戏耍了。

他执意要把这个耻辱性的外号抹去,便偷用父亲的刮脸刀刮去唇上和下巴上的那些硬毛。头一次使刮脸刀,虽然笨手笨脚地划出几条血伤,但刮出来的光溜溜的瓷器一般的下巴叫他快乐无穷。这一下真顶用,刺猬的绰号不攻自废。可时过不久,一茬儿新生的胡子从他嘴唇四周冒出头来,反而变粗一些,也硬一些。他急了,再刮,更糟!原来胡子天生具有反抗性。愈刮愈长,愈刮愈硬。到了高中二年级,已经非得一天一刮不可了。

这时,他不得不在自己的胡子前低下头来。认头人家称他"刺猬",不和他亲近。他呢?渐渐被别人这种惧怕"刺猬"的心理所异化,主动与别人保持距离。他是不是因此变得落落寡合?并在上大学时选择了远离世人的古生物研究专业,工作后主动到那种整天戴着口罩的试验室工作?

后来,这胡子还成为他和女友之间的障碍。一次看完电影,女友忽然把手中的电影票递给老蔡,说:"你用它蹭蹭脸。"

"为什么?"他不明白她的用意,却还是这样做了。当电影票从脸颊上蹭过,发出非常清晰的嚓嚓声。

真是挺可怕。三个小时前他从家里出来时刚刮过脸。难道只是一场电影的工夫,胡子就冒出来了!

还能怪女友不准他凑过脸去吗?这位与他结交的第一位女友送给他一个比刺猬更具威胁的绰号,叫"铁蒺藜"。无疑,这绰号里边包含着一种恐惧。

从此,他一天不止一次刮胡子了。一位同事笑他:"这应上了那句俏皮话——一天刮三遍胡子——你不叫我露脸,我不叫你露头!"

老蔡面对镜子里黑乎乎的自己,真不明白这些坚硬的、顽强的、不可抑制的硬毛是从哪里来的。皮下边?肉里边?到底他身上多了些什么怪诞的元素,使他如此难堪与苦恼。他发现自己进入20岁之后,胡子变得更加癫狂。不仅更黑更粗更硬更密,而且沿着两腮向上攀升,与鬓角连成一体。不可思议的是,有时面颊上也会蹿出油亮的一根。这别是有人类的"返祖"现象吧。他去看过医生,医生笑道:"指甲长得快能治吗?汗毛儿长得多也能治吗?你这不是病!比你胡子多的人我也见过。你父亲胡子是不是也很盛?要是遗传就谁也没办法了。你天生就得这样。"

没办法了。任凭这命中注定、霸气十足的胡子把他第一个女友打跑。虽然女友没说分手的原因是为了胡子。但谁会一辈子天天夜里睡在"铁蒺藜"旁边?用下巴上的胡子把女朋友吓跑,可谓天下少有,真算得上蝎子屁屁——毒(独)一份了。

从此老蔡变得自卑起来,甚至不敢去接近女人。至于他后来的妻子,完全是人家自己主动走进他这一团荆棘的。若说这段姻缘的起始,那可是再普通不过的一件小事——

一次,老蔡出差杭州办完事,买了回程的车票在火车站等车。站台上有一个很长的水泥水池,上边一排七八个水龙头,这是为了方便来往的长途旅客洗洗涮涮的。可有的人只顾洗,完事不关龙头,三个龙头正在哗哗流水。过往的人没一个人当回事儿。老蔡上去把这三个龙头全拧上——这个细节叫坐在车窗边的一个女子瞧见,心中生出敬意。老蔡上车后凑巧坐在这女子的斜对面。谁想这女子就主动和他交谈起来。这女子在杭州上大学,念中文,喜欢文学的女子都很看重人的心意。而真正的爱慕,往往是从对方身上感触到自己人生理想的准则开始的。还有比关水龙头再小的事吗?但对于这念文科的女子,它就像一束细细的光照亮一个世界。有了这样的来自心灵的因由,胡子就不会是任何障碍了。

如果爱一个人,一定爱这个人的一切,包括缺欠。缺欠甚至可以被美化。比如对老蔡的胡子,妻子称之为"温柔的锉"。

老蔡自己却很小心。刚结婚时,他怕在激情中扎伤妻子,每天睡觉前都把下巴刮得锃亮。一天早晨醒来,睡意未尽的妻子无意间伸过来的手触到他的脸,手马上闪开,好像触到一个硬棕刷,被扎一下。妻子不知道睡了一觉的老蔡的胡子竟会长成这样。

老蔡说:"我马上起来刮脸。"

妻子笑道："不，这是你的识别物。如果摸不到胡子就不是你了，换别人了。"妻子逗他。

老蔡有点急。他赌气说："还有一种情况就是我死了，人一死就不会再长胡子了。"

妻子忽然翻身起来，便劲捂住他的嘴，朝他大声叫着："说什么混话呀，快敲木头，敲木头！"

老蔡很惊讶。娴静的妻子怎么会变得这样气急败坏。

老蔡不是学文的。也许他没想过，爱的本质就是生命的相互依赖。

再往后，老蔡与胡子的关系不但不小，反而更大了。

比方20世纪60年代末被关进牛棚的时候，他最受不了的并不是那些逼供啦、写检查啦、批斗时"坐飞机"以及挨揍啦，等等，而是不能刮胡子。从17岁时，他没有一天不刮胡子，可是牛棚里任何人都不准刮胡子，主要是怕他们用刮脸刀片自杀。饭碗也不用瓷的，怕他们摔碎碗用瓷片割脖子，他们用的饭碗都是搪瓷或铝的。此外也不给他们筷子，担心他们把筷子头磨尖，插进自己身体的要害处。据说一位老专家就用这种自己改制的筷子了结了自己。因此，吃饭时发给他们每人一条硬纸片做代用品。

于是,被放纵的胡子便在老蔡的脸上像野草那样疯长起来。五天后像卡斯特罗,十天后就像张飞了。他感到下半张脸发热,捂得难受,好像扣着一个厚厚的棉帽。这时候正是八月天气,不时要用手巾去擦胡子中间的汗水——好似草里的露水。不久,他感到胡子根儿的地方奇痒,愈搔愈痒,大概生痱子了。

他原以为自己这么硬的胡子,长得太长会像四射的巨针。在他刚被关起来的头几天胡子还真是长得又长又硬,使他想起少年时代那个"刺猬"的绰号。但没料到,胡子过长,反而变软,就像柳枝愈长愈柔,最后垂了下来。可是他的胡子垂下来并不美,因为这胡子没经过修剪和梳理,完全是野生的。一脸乱毛,横竖纠结,在旁人看来像肩膀上扛着一个鸟窠。于是,他的胡子就成了被审讯时的主要话题——成了审讯他的那帮小子耍坏取乐的由头。

一次,一个小子居然问他:

"你怎么不说话,哑巴了?你那堆毛里边有嘴吗?那里边只会尿尿吗?"

他没生气,过后也没拿这句话当回事。如果他拿胡子不当回事,这世上就没什么可以特别较真儿的事了。

四个月后,他被宣布为"人民内部矛盾,但不平反,帽子拿在人民手中"。可以回家了。

他从单位的牛棚走出来,即刻拐向后街一家小理发店。由于在牛棚里没人看他,也不怕人看,整天扬着一脸胡子,已经惯了;此刻走在大街上,竟把一女孩子吓得尖叫起来,仿佛见了鬼。待进了理发店,坐下来,对镜子一瞧,俨然一个判官。一时把站在椅子后边的剃头师傅吓了一跳。自己也完全不认得自己了。

剃头师傅问他:"怎么剃法?"

他说:"全剃去。"

师傅放下椅背,叫他躺好。拿过一块热气腾腾的手巾捂在他下巴上,真是温暖!不会儿剃头师傅掀去手巾,用胡刷蘸着凉滋滋、冒着气泡的肥皂水涂在他的下巴上,好似清冽的溪水渗入久旱的荒草地。当大大小小的肥皂泡儿纷纷炸破时,每根胡子都感到了愉悦。跟着一刀刮去,便感到一股凉爽的风吹到那块刮去胡子的脸上。一刀刀刮去,一道道清风吹来。他闭上眼,享受着这种奇妙的快感。鼻子闻着肥皂的香气——其实只是一种最廉价的胰子而已;耳听着又薄又快的刀刃扫过面皮时清晰悦耳的声音,还有胖胖的剃头师傅俯下来喘着暖呼呼的粗气……随后又一块湿漉漉的热毛巾如同光滑的大手在他整个脸上舒舒服服地抹来抹去。最后只听师傅说:"好了。"他被推起来的椅背托直了身子。

睁眼一瞧,好似看到一个白瓷水壶摆在镜子中央——他更认不得自己了。

怎么?刚才有胡子的不是自己,此刻没胡子的也不是自己,究竟谁是自己呢?自己在哪儿呢?

他付了钱。口袋里有五六块钱,是两个月前妻子送衣服来时放在口袋里的。他跑到小百货店给妻子买了一瓶雪花膏,又跑到街口买了一小包五香花生,两支刚蘸着玻璃般亮晶晶糖汁的糖葫芦。这都是妻子平日最喜爱的东西。天已经暗下来,他回到家。一手举着糖葫芦,一手敲门,想给妻子一个突然的意外的惊喜。她并不知道他今天被放回来。他们已经四个月没见面,音讯断绝,好似生活在阴阳两极。

里边门一开。妻子看见他立即惊得一叫,声音极大,好像出了什么事。他说:

"你是不是不认识我了?我是老蔡呀。"

妻子把他拉进屋,关上门,扑在他怀里,哭起来。边说:"你变成狗,我也认得你。你怎么不事先告我一声呀!"

老蔡说:"我还以为我刮脸,刮得太白太光,你认不出我来呢!"

妻子抬头看他一眼,带着眼泪笑了,说:"什么太白太光,你什么时候刮的脸,那些胡子又都出来了。"

他一怔,抬起手背蹭蹭下巴,这么短的时间已经又毛茬茬儿地冒出一层!但这一次他对胡子的感觉很例外,很美妙。就这层胡茬儿,使他忽然感到,往日往事,充溢着勃勃生机的生命,还有习惯了的生活,带着一种挺动人的气息又都回来了。

老蔡的病是80年代开始得的。

先是视力下降,干不成他化验室的工作;后来是一根脑血管不畅,走道打斜,也无法在办公楼里传送文件和里里外外跑跑颠颠;跟着是负面的遗传基因开始发作——血糖高上来了,他父亲就是从这条道儿去天国的;随后是内分泌乱了套,他称自己的体内正在进行文化大革命。各大医院都去过了,各大名医也托人引见过了,最终还是躺在了床上。奇怪的是,虽然身体各部分都很弱,唯有胡子依然很旺,黑亮而簇密,生气盈盈。他依旧习惯地早一次晚一次刮两遍。一位朋友说:"这表明老蔡生命力强。毛发乃人的精血呀!"

于是,胡子成了老蔡和妻子隐隐约约的一种希望与寄托。这期间经常挂在妻子嘴边的,是她从古诗中改出来的两句:

胡子除不尽,剃刀刮又生。

然而,胡子从来就不听老蔡的,只给他找麻烦。

最早发现胡子发生变异的,不是他自己,而是妻子。

自从他躺到床上,一早一晚刮胡子的事就由妻子来做。自己刮自己的脸,脸蛋和刮刀相互配合,不会刮破脸;别人来刮就难了,常常会刮破。老蔡血糖高,伤口不好愈合,幸好那时市场上出现一种进口的电动刮脸刀,刀头上蒙着一种带网眼儿的铁罩,绝对安全。妻子赶紧买了一个,倒是十分得用。但一天,妻子发现老蔡下巴上有一根胡子怎么也刮不掉。奇怪了?怎么会刮不掉呢?戴上花镜一看,竟是一根很怪异的胡须,颜色发黄,又细又软,须尖鬈曲。它弯弯曲曲很难进入网罩上的细眼儿。老蔡的胡子向来都是又黑又硬,怎么冒出这么一根?好似土地贫瘠长出的荒草。妻子只当是偶然。谁料从此,这鬈曲的黄须就一根根甚至攒三聚五地出现。随后,她发现他下巴上的胡须变得稀疏,开始看见白花花的肉皮了。

她心里明白,却不敢吱声。反正老蔡很少照镜子,肯定不知道脸上所发生的变化。一天傍晚,妻子给他刮脸。迟暮的余晖由窗口射入。一缕夕阳正照在他的下巴上。妻子陡然觉得这日渐荒芜的下巴,好似晚秋时节杂草丛生的土岗子那样萧瑟而凄凉。她不觉落下泪来,泪水滴在老蔡的脸上。

老蔡闭着眼,却开口说:"从小我就巴望它们长得慢点、慢点,现在终于遂了我的愿。你该高兴才是。"

妻子反而哭出声来。

从老蔡病倒卧床那天开始计算,七年后的一天,一个平平常常的春天的早晨。妻子醒来,习惯地用手去摸老蔡的下巴。手心抚处,奇异般地光滑,像一块卵石。她下意识地感到了什么,又摸一下,感觉更不对,老蔡的胡子呢?

此时此刻她分明听到一个声音,是老蔡的声音,很遥远,那是许久许久以前老蔡说过的一句话:

"人一死就不再长胡子了。"

她猛地翻过身,叫一声老蔡。老蔡极其刻板地仰面躺着,灰白而消瘦的脸一片死寂,没有一根胡子。她第一次看到老蔡不生胡子的脸。原来不生胡子的脸这样难看。

/ 逛娘娘宫 /

一

那时,像我们这些生长在天津的男孩子,只要听大人们一提到娘娘宫,心里仿佛有只小手抓得怪痒痒的。尤其大年前夕,娘娘宫一带是本地的年货市场,千家万户预备过年用的什么炮儿啦、灯儿啦、画儿啦、糕儿啦等,差不多都是从那里买到的。我猜想这些东西在那里准堆成一座座花花绿绿的小山似的。我多么盼望能去娘娘宫玩一玩!但一直没人带我去,大概那时我家好歹算个富户,不便出没于这种平民百姓的集聚之地。我有个姑表哥,他爸爸早殁,妈妈有疯病,日子穷窘;他是个独眼——别看他独眼,他反而挺自在。他那仅剩下单独一只的、又小又细、用来看世界的右眼,却比我的一双黑黑的、正常的大眼睛视野更广,福气更大,行动也更自由——像什么钓鱼逮蟹、到鸟市上听说书、捅棋、买小摊上便宜又好玩的糖稀吃等,他样样能做,我却不能。对于世上的快乐与苦恼,大人和孩子的标准往往不同。大人们是属于社会的,孩子们则属于大自然,这些话不必多说,就说我这独眼表哥吧!他不止一次去过娘娘宫,听他描绘娘娘宫的情景,看耍猴呀,抖空竹呀,逛炮市呀等,再加上他口沫横飞、扬扬得意的神气,我都真有私逃出家、随他去一趟的念头。此刻饭菜不香,糖不甜,手边的玩具顷刻变得索然无味了。我妈妈立刻猜到我的心事,笑眯眯对我说:"又惦着逛娘娘宫了吧!"

说也怪,我任何心事她都知道。

二

我的妈妈是我的奶妈。

我娘生下我时,没有奶,便坐着胶皮车到估衣街的老妈店去找奶妈。我这奶妈是武清县落垡人,刚生过孩子,乡下连年闹灾荒没钱花,她就撇下自己正吃奶的孩子,下到天津卫来做奶妈。我娘一眼就瞧上了她,因为她在一群待用的奶妈中十分惹眼,个子高大,人又壮实,一双大脚,黑里透红、亮光光的一张脸,看上去"像个男人",很健康——这些情形都是后来听大人们说的。据说她的奶很足,我今天能长成个一米九零的大汉,大概就是受了她奶汁育养之故。

她姓赵。我小名叫"大弟"。依照天津此地的习惯,人们都叫她"大弟妈"。我叫她"妈妈"。

在我依稀还记得的童年的那些往事中,不知为什么,对她的印象要算最深了。几乎一闭眼,她那样子就能穿过厚厚的岁月的浓雾,清晰地显现在眼前。她是个尖头顶、扁长的大嘴、一头又黑又密的头发的女人,每天早上都对着一面又小又圆的水银镜子,把头发放开,篦过之后,涂上好闻的刨花油,再重新绾到后颈,卷成一个乌黑油亮、像个大烧饼似的大抓髻,外边套上黑线网;只在两鬓各留一绺头发,垂在耳前。这是河北武清那边妇女习惯的发型。她的脸可真黑,嘴唇发白,而且在脸色的对比下显得分外的白。大概这是她爱喝醋的缘故。人们都说醋吃多了,就会脸黑唇白。她可真能喝醋!每吃饭,必喝一大碗醋,有时菜也不吃,一碗饭加一碗醋,吃得又香又快。她为什么这样爱喝醋呢?有一次,我见她吃喝正香,嘴唇咂咂直响,不觉嘴里发馋,非向她要醋喝不可,她把醋碗递给我,叫我抿一小口,我却像她那样喝了一大口。天哪!真是酸死我了。从此,我一看她吃饭,听到她吮咂着唇上醋汁的声音,立即觉得两腮都收紧了。

再有,便是她上楼的脚步异乎寻常地轻快。她带着我住在三楼的顶间,每天楼上楼下不知要跑多少趟,很少歇憩,似有无穷精力。如果她下楼去拿点什么,几乎一转眼就回到楼上。直到现在,我还没有遇见过第二个人把上下楼全然不当一回事呢。

那时,我并不常见自己的父母。他们整天忙于应酬,常常在外串门吃饭。只是在晚间回来时,偶尔招呼妈妈把我抱下楼看看,逗逗,玩玩,再给她抱上楼。我自生来日日夜夜都是跟随着她。据说,本来她打算我断了奶,就回乡下去。但她一直没有回去,只是年年秋后回去看看,住上十天半个月就回来。每次回来都给我带一些使我醉心的东西,像装在草根编的小笼子里的蝈蝈啦,金黄色的小葫芦啦,村上卖的花脸和用麻秆做柄的大刀啦……她一走,我就哭,整天想她;她呢?每次都是提前赶回来,好像她的家不在乡下,而在我家这里。在我那冥顽无知稚气的脑袋里,哪里想得到她留在我家,全然是为了我。

我在家排行第三,上边是两个姐姐。我却算做长子。每当我和姐姐们发生争执,她总是明显地、气啾啾地偏袒于我。有人说她"以为照看人家的长子就神气了"!或者说她这样做是"为了巴结主户"。她不以为然,我更不懂得这种家庭间无聊的闲话。我是在她怀抱里长大的。她把我当作自己亲生孩子那样疼爱,甚至溺爱;我从她身上感受到的气息反比自己的生母更为亲切。

每每夏日夜晚,她就斜卧在我身旁,脱了外边的褂子,露出一个大红布的绣着彩色的花朵和叶子的三角形兜肚儿,上端有一条银亮的链子挂在颈上。这时她便给我讲起故事来,像什么《傻子学话》、《狼吃小孩》、《烧火丫头杨排风》,等等。这些故事不知讲了多少遍,不知为什么每听起来依然津津有味。她一边讲,一边慢慢摇着一把大蒲扇,把风儿一下一下地凉凉快快扇在我身上。伏天里,她常常这样扇一夜,直到我早晨醒来,见她眼睛困倦难张,手里攥着蒲扇,下意识地、一歪一斜地、停停住住地摇着……

如果没有下边的事,对于一个8岁的孩子,所能记下的某一个人的事情也只能这些了。但下边的事使我记得更清楚,始终忘不了。

一年的年根底下,厨房一角的灶王龛里早就点亮香烛,供上又甜又脆、粘着绿色蜡纸叶子的糖瓜。这时,大年穿戴的新装全都试过,房子也打扫过了,玻璃擦得好像都看不见了。里里外外,亮亮堂堂。大门口贴上一幅印着披甲戴盔、横眉立目的古代大将的画纸。妈妈告诉我那是"门神",有他俩把住大门,大鬼小鬼进不来。楼里所有的门板上贴上"福"字,连垃圾箱和水缸也都贴了,不过是倒着贴的,借着"到"和"倒"的谐音,以示"福气到了"之意。这期间,楼梯底下摆一口大缸,我和姐姐偷偷掀开盖儿一看,全是白面的馒头、糖三角、豆馅包和枣卷儿,上边用大料蘸着品红色点个花儿,再有便是左邻右舍用大锅烧炖年菜的香味,不知从哪里一阵阵悄悄飞来,钻入鼻孔;还有些性急的孩子等不及大年来到,就提早放起鞭炮来。一年一度迷人的年意,使人又一次深深地又畅快地感到了。

独眼表哥来了。他刚去过娘娘宫,带来一包俗名叫"地耗子"的土烟火送给我。这种"地耗子"只要点着,就"嗞嗞"地满地飞转,弄不好会钻进袖筒里去。他告诉我这"地耗子"在娘娘宫的炮市上不过是寻常之物,据说那儿的鞭炮烟火至少有上百种。我听了,再也止不住要去娘娘宫一看的愿望,便去磨我的妈妈。

我推开门,谁料她正撩起衣角抹泪。她每次回乡下之前都这样抹泪,难道她要回乡下去?不对,她每次总是大秋过后才回去呀!

她一看见我,忙用手背抹下眼角,抽抽鼻子,露出笑容,说:

"大弟,我告诉你一件你高兴的事。"

"什么事?"

"明儿一早,我带你去逛娘娘宫!"

"真的?!"心里渴望的事突然来到眼前,反叫我吃惊地倒退两步,"我娘叫我去吗?"

"叫你去!"她眯着笑眼说,"我刚对你娘打了保票,保险丢不了你,你娘答应了。"

我一下子扑进她的怀抱。这怀抱里有股多么温暖、多么熟悉的气息啊!就像我家当院的几株老槐树的气味,无论在外边跑了多么久、多么远,只要一闻到它的气味,就立即感到自己回到最亲切的家中来了。

可这时,我感到有什么东西"啪啪"落在我背上,还有一滴落在我后颈上,像大雨点儿,却是热的。我惊奇地仰起面孔,但见她泪湿满面。她哭了!她干吗要哭?我一问,她哭得更厉害了。

"孩子,妈今年不能跟你过年了。妈妈乡下有个爷儿们,你懂吗?就像你爸和你娘一样。他害了眼病,快瞎了,我得回去。明儿早晌咱去娘娘宫,后晌我就走了。"

我仿佛头一次知道她乡下还有一些与她亲近的人。

"瞎了眼,不就像独眼表哥了?"我问。

"傻孩子,要是那样,他还有一只好眼呢!就怕两眼全瞎了。妈就……"她的话说不下去了。

我也哭起来。我这次哭，比她每次回乡下前哭得都凶，好像敏感到她此去就不再来了。

我哭得那么伤心、委屈、难过，同时忽又想到明儿要去逛娘娘宫，心里又翻出一个甜甜的小浪头。谁知我此时此刻心里是股子什么滋味？

三

我们一进娘娘宫以北的宫北大街，就像两只小船被卷入来来往往的、颇有劲势的人流里，只能看见无数人的前胸和后背。我心里有点紧张，怕被挤散，才要拉紧妈妈的手，却感到自己的小手被她的大手紧紧握着了。人声嘈杂得很，各种声音分辨不清，只有小贩们富于诱惑的吆喝声，像鸟儿叫一样，一声声高出众人嗡嗡杂乱的声音之上，从大街两旁传来：

"易德元的吊钱啊，眼看要抢完了，还有五张！"

"哪位要皇历，今年的皇历可是套片精印的，整本道林纸。哎，看看节气，找个黄道吉日，家家缺不了它啊！"

"哎、哎、哎，买大枣，一口一个吃不了……"

但什么也瞧不见，人们都是前胸贴着后背，偶有人缝，便花花绿绿闪一下，逗得我眼睛发亮。忽然，迎面一人手里提着一个五彩缤纷的盒子，盒子上印着两个胖胖的人儿，笑嘻嘻挤在一起，煞是有趣，可是没等我细瞧，那人却往斜刺里去了。跟着听到一声粗鲁的喝叫："瞧着！"我便撞在一个软软的、热乎乎的、鼓鼓囊囊的东西上。原来是一个人的大肚子。这人袒敞着棉袄，肚子鼓得好大，以致我抬头看不见他的脸。这时，只听到妈妈的怨怪声：

"你这么大人，怎么瞧不见孩子呢，快，别挤着孩子呀！"

那人嘟囔几声什么。说也好笑，我几乎在他肚子下边，他怎么看得见我？这时，只觉得这人在我前面左挪右挪，大肚子热烘烘蹭着我的鼻尖，随后像一个软软的大肉桶，从我右边滑过去了。我感到一阵轻松畅快，就在这一瞬，对面又来了一个老头，把一个大金鱼灯举过头顶；这是条大鲤鱼，通身鲜红透明，尾巴翘起，伸着须，眼睛是两个亮晃晃，又圆又鼓的大金球儿……

"妈妈，你看……"我叫着。

妈妈扭头，大金鱼灯却不见了。

又是无数人的前胸和后背。

我真担心娘娘宫里也是如此，那就什么也看不见了。

"妈妈,我要看,我什么也瞧不见哪!"

"好!我抱你到上边瞧!"

妈妈说着,把我抱起来往横处挤了几步,撂在一个高高的地方。呀!我真又惊又喜,还有点傻了!好像突然给举到云端,看见了一个无法形容的、灿烂辉煌、热闹非凡的世界。我首先看到的是身前不远的地方有两根旗杆,高大无比,尖头简直碰到天。我对面是一座戏台,上边正在敲锣打鼓,唱戏的人正起劲儿地叫着,台下一片人头攒动。我再扭身一看,身后竟是一座美丽的大庙。在这中间,满是罩棚、满是小摊、满是人。各种新奇的东西和新奇的景象,一下子闯进眼帘,我好像什么也看不清了。在这之后,我才明白自己站在庙前一个石头砌的高台上……

"妈妈,妈,这就是娘娘宫吗?"我叫着。

"可不是吗?"妈妈笑眯眯地说。每逢我高兴之时,她总是这样心花怒放地笑着。她说:"大弟,你能在这儿站着别动吗?妈到对面买点东西。那儿太挤,你不能去。你可千万别离开这儿。妈去去就来。"

我再三答应后,她才去。我看着她挤进一家绒花店。

这时,我才得以看清宫门前的全貌。从我们走来的宫北大街,经过这庙前,直奔宫南大街,千千万万小脑袋蠕动着,街的两旁全是店铺,张灯结彩,悬挂着五色大旗,写着"大年减价"、"新年连市"等字样,一直歪歪斜斜、蜿蜒地伸向锅店街那边而去,好像一条巨大的鳞光闪闪的巨蟒,在地上,慢慢摇动它笨拙的身躯,真是好看极了。我禁不住双腿一蹦一蹦,拍起手来。

"当心掉下来!"有人说着并抓住我的腰。

原来妈妈来了,她喜笑颜开,手里拿着一个方方的花纸盒,鬓上插着一朵红绒花。这花儿如此艳丽,映着她的脸,使她显得喜气洋洋,我感到她从来没有像今天这样好看。

"妈,你好看极了!"

"胡说!"妈羞笑着说,"快下来,咱们到娘娘宫里去看看。"

我随她跨进了多年梦思夜想的娘娘宫。心里还掠过一种自豪与得意之情,心想,回头我也能像独眼表哥那样对别人讲讲娘娘宫的事了。而我的姐姐们还没有我今天这种好福气呢!

庙里好热闹,楼宇一处连一处,香烟缭绕,到处是棚摊。这官院里和外边一样,也成了年货集市。小贩、香客、游人挤成一团,各色各样的神仙图画挂满院墙,连几株老树上也挂得满满的。

一束束红蓝黄绿的气球高过人头,在些许的微风里摇颤着,仿佛要摆脱线的牵扯,飞上碧空……官院左边是卖金鱼的,右边的摊上多卖空竹。内中有一个胖子,50多岁,很大一顶灰兔皮帽扣在头上。四四方方一张红脸,秤砣鼻子,鼻毛全支出来,好像废井中长出的荒草。他上身穿一件紧身元黑罩衫,显出胖大结实的身形,正中一行黄布裹成的疙瘩扣,排得很密,像一条大蜈蚣爬在他当胸上。下边是肥大黑裤,青布缠腿,云字样的靴头。他挽着袖管,抖着一个脸盆大小的空竹。如此大的空竹真是世所罕见。别看他身胖,动作却不迟笨,胳膊一甩,把那奇大的空竹抖得精熟,并且顺着绳子,一忽儿滚到左胳膊上,一忽儿滚到右胳膊上,一忽儿猫腰俯背,让转动的空竹滚背而过,一忽儿又把这沉重的家伙抛上半空,然后用手里的绳子接住。这时他面色十分神气。那空竹发出的声音也如牛吼一般。他的货摊上悬着一个朱红漆牌,写着三个金字:"空竹王"。旁边有行小字"乾隆老样"。摊上的空竹所贴的红签上,也都印着这些字样,并有"认清牌号,谨防假冒"八个字。他的货摊在同行中显得很阔绰,大大小小的空竹,式样不一,琳琅满目,便得左右的邻摊显得寒碜、冷落和可怜。他一边抖着空竹,一边嘴里叨叨不绝,说他的空竹是祖传的。他家历来不但精于制作，又善于表演空竹。他祖宗曾进过官，给乾隆爷表演过，乾隆爷看得"龙颜大悦"，赐给他祖宗黄金百两、白银一千，外加黄马褂一件，据说那是他祖祖祖祖爷爷的事。后来他家有人又进宫给慈禧太后表演空竹，便是他祖祖爷的事了。祖辈的那黄马褂没有留下，却传下这只巨型的空竹……说到这儿，他把空竹用力抖两下，嘴里的话锋一转，来了生意经，开始夸耀自家空竹的种种优长，直说得嘴角溢出白沫。本来他的空竹不错，抖得也蛮好，不知为什么，这样滔滔不绝地自夸和炫耀，尤其他那股剽悍和霸气劲儿反叫人生厌。这时，他大叫一声，猛一用力，把空竹再次抛上半空，随着脑袋后仰过猛，头上那顶大兔皮帽被抛掉身后，露出一个青皮头顶，见棱见角，并汗津津冒着热气，好似一只没有上锅的青光光的蟹盖儿，大家忍不住笑了。我妈妈笑了一下，便领我到邻处小摊上，买了一个小号的空竹给我。那摊贩对妈妈十分客气，似有感激之意。妈妈为什么不买"空竹王"那里漂亮的空竹，而偏偏买这小摊上不大起眼的东西？这事一直像个谜存在我心里，直到我入了社会，经事多了，才打开这积存已久的谜。

四

大庙里的气氛真是神秘、奇异、恐怖。那气氛是只有庙堂里才有的。到处黑洞洞的,到处又闪着辉煌的亮光;到处是人,到处是神。一处处庙堂,一尊尊佛像,有的像活人,有的象假人,有的逗人发笑,有的瞪眼吓人,有的莫名其妙。妈妈在我耳边轻轻告诉我,哪个是娘娘,哪个是四大门神,哪个是关帝,还有雷公、火神、疙瘩刘爷、傻哥和张仙爷。给我印象最突出的要算这张仙爷了。他身穿蓝袍,长须飘拂,拈弓搭箭,斜向屋角,既威武又洒脱。妈妈告诉我,民人住宅常有天狗从烟囱钻进来,兴妖作怪,残害幼儿。张仙爷专除天狗,见了天狗钻进民宅就将弓箭射去,以保护孩童。故此,人们都称他为"射天狗的张仙爷"……

在我不自觉地望着这护佑儿童们的泥神时,妈妈向一个人问了几句话,就领着我穿过两重热热闹闹的小院,走到一座庙堂前。她在门口花了几个小钱买了一把香,便走进去。里边一团漆黑,烟雾弥漫,香的气味极浓。除去到处亮着的忽闪忽闪的烛火,别的什么都看不见。我才要向前迈步,妈妈忽把我拉住,我才发现眼前有几个人跪伏着,随后脑袋一抬,上身直立;跟着又俯身叩首做拜伏状。这些人身前是张条案,案上供具陈列,一尊乌黑的生铁香炉插满香,香灰撒落四边,四座烛台都快给烛油包上了……就在这时,从条案后的黑黝黝的空间里,透现出一个胖胖的、端庄的、安详的妇女的面孔。珠冠绣衣,粉面朱唇,艳美极了。缭绕的烟缕使她的面孔忽隐忽现,跳动的烛光似乎使她的表情不断变化着,忽而严肃,忽而慈爱,忽而冷峻,忽而微笑。她是谁? 如何这样妄自尊崇,接受众人的叩拜? 我想到这儿时,已然发现她也是一尊泥塑彩画的神像。为什么许多人要给这泥人烧香叩头呢? 我拉拉妈妈的衣袖,想对她说话,她却不答理我。我抬头看她时,只见妈妈脸上郑重又虔诚,一双眼呆呆的,散发出一种迟缓又顺从的光来。我真不懂妈妈何以做出如此怪异的神情。但不知为什么,我忽然不敢出声,不敢随意动作,一股庄重不阿的气氛牢牢束缚住我。心里升起一种从未有过的敬畏的感觉,不觉悄悄躲到妈妈的身后。

在条案一旁,立着一个老头,松形鹤骨,神情肃穆,穿黄袍子。我一直以为他是个泥人。此刻他却走到妈妈身前,把妈妈手里的香接过去,引烛火点着,插在香炉内。这时妈妈也像左右的人那样屈腿伏身,叩头作揖。只剩下我直僵僵地站着。这当儿,一个新发现竟使我吓得缩起脖子:原来条案后那泥神身上满是眼睛,总有几十只,只只眼睛都比鞋子还大,眼白发白,眼球乌黑,横横竖竖,好像都在瞧着我。我一惊之下,忙蹲下来,躲在妈妈背后,双手捂住了脸。后来妈妈起了身,拉着我走出这吓人的庙堂。我便问:

"妈妈,那泥人怎么浑身都是眼睛呀!"

"哎哟,别胡扯,那是千眼娘娘,专管人得眼病的。"

我听了依然莫解,但想到妈妈给她叩头,是为了她丈夫的病吧!我又想发问,却没问出来,因为她那满是浅细皱纹的眼皮中间似乎含着泪水。我之所以没再问她,是因为不愿意勾起她心中的烦恼和忧愁,还是怕她眼里含着的泪流出来,现在很难再回想得清楚,谁能弄清楚自己儿时的心理?

五

在宫南大街,我们又卷在喧闹的人流中。声音愈吵,人们就愈要提高嗓门,声音反倒愈响。其实如果大家都安静下来,小声讲话,便能节省许多气力,但此时、此刻、此地谁又能压抑年意在心头上猛烈的骚动?

宫南大街比宫北大街更繁华，店铺挨着店铺，罩棚连着罩棚，五行八作，无所不有。最有趣的是年画店，画儿贴满四壁，标上号码，五彩缤纷，简直看不过来。还有一家画店，在门前放着一张桌，桌面上码着几尺高的年画，有两个人，把这些画儿一样样地拿给人们看，一边还说些为了招徕主顾而逗人发笑的话，更叫人好笑的是这两个人，一般高，穿着一样的青布棉袍，驼色毡帽，只是一胖一瘦，一个难看，一个顺眼，很像一对说相声的。我爱看的《一百单八将》、《百子闹学》、《屎壳郎堆粪球》等这里都有。

由此再往南去，行人渐少，地势也见宽阔。沿街多是些小摊，更有可怜的，只在地上放一块方形的布，摆着一些吊钱、窗花、财神图、全神图、彩蛋、花糕模子、八宝糖盒等零碎小物。这些东西我早都从妈妈嘴里听到过，因此我都能认得。还有些小货车，放着日用的小百货，什么镜儿、膏儿、粉儿、油儿的。上边都横竖几根杆子，拴着女孩子们扎辫子用的彩带子，随风飘摇，很是好看；还有的竖立一棵粗粗的麻秆儿，上面插满各样的绒花，围在这小车边的多是些妇女和姑娘们。在这中间，有一个卖字的老人的表演使我入了迷。一张小木桌，桌上一块大紫石砚，一把旧笔，一捆红纸，还立着一块小木牌，写着"鬻字"。这老人瘦如干柴，穿一件土黄棉袍，皱皱巴巴，活像一棵老人参。天冷人老，他捉着一支大笔，跷起的小拇指微微颤抖。但笔道横平竖直，宛如刀切一般。四边闲着的人都怔着，没人要买。老人忽然左手也抓起一支大笔，蘸了墨，两手竟然同时写一副对联。两手写的字却各不相同。字儿虽然没有单手写得好，观者反而惊呼起来，争相购买。

看过之后，我伸手一拉妈妈：

"走！"

她却摆胳膊。

"走——"我又一拉她。

"哎，你这孩子怎么总拉人哪？！"

一个陌生的爱挑剔的女人尖利的声音传来，我抬头一看，原来是一位矮小的黄脸女人，怀里抱着一篓鲜果。她不是妈妈！我认错人了！妈妈在哪儿？我慌忙四下一看，到处都是生人，竟然不见她了！我忙往回走。

"妈妈，妈妈……"我急急慌慌地喊，却听不见回答，只觉得自己喉咙哽咽，喊不出声来，急得要哭了。

就在这当口，忽听"大弟"一声。这声简直是肝肠欲裂、失魂落魄的呼喊。随后，从左边人群中钻出一人来。正是妈妈。她张大嘴，睁大眼，鬓边那两绺头发直条条耷拉着,显出狼狈与惊恐的神色。她一看见我,却站住了,双腿微微弯曲下来,仿佛要跌倒地上,手里那绒花盒儿也捏瘪了。然后,她一下子扑上来把我紧紧抱住,仿佛从五脏里呼出一声:

"我的爷爷,你是不想叫我活了!"

这声音,我现在回想起来还那样清晰。

我终于看见了炮市,它在宫南大街横着的一条胡同里。胡同中有几十个摊儿,这摊儿简直是一个个炮堆。"双响"都是一百个盘成一盘。最大的五百个一盘,像个圆桌面一般大。单说此地人最熟悉的烟火 —— 金人儿,就有十来种。大多是鼓脑门、穿袍挂杖的老寿星,药捻儿在脑顶上。这里的金人高可齐腰,小如拇指。这些炮摊的幌子都是用长长的竹竿挑得高高的一挂挂鞭炮。其中一个大摊,用一根杯口粗的竹竿挑着一挂雷子鞭,这挂大鞭约有七八尺,下端几乎擦地,把那竹竿压成弓形。上边粘着一张红纸条,写了"足数万头"四个大字。这是我至今见到的最威风的一挂鞭。不知怎样的人家才能买得起这挂鞭。

为了防止火灾,炮市上绝对不准放炮。故此,这里反而比较清静,再加上这条胡同是南北方向,冬日的朔风呼呼吹过,顿感身凉。像我这样大小的男孩子们见了炮都会像中了魔一样,何况面对着如此壮观的鞭炮的世界,即使冻成冰棍也不肯看几眼就离开的。

"掌柜的,就给我们拿一把双响吧!"妈妈和那卖炮的说起话来,"多少钱?"

妈妈给我买炮了。我多么高兴!

我只见她从怀里摸出一个旧手巾包,打开这包儿,又是一个小手绢包儿,手绢包里还有一个快要磨破了的毛头纸包儿,再打开,便是不多的几张票子,几枚铜币。她从这可怜巴巴的一点钱中拿出一部分,交给那卖炮的,冷风吹得她的鬓发"扑扑"地飘。当她把那把"双响"买来塞到我手中时,我感到这把炮像铁制的一般沉重。

"好吗? 孩子!"她笑眯着眼对我说,似乎在等着我高兴的表示。

本来我应该是高兴的,此刻却是另一种硬装出来的高兴。但我看得出,我这高兴的表示使她得到了多么大的满足啊!

六

我就是这样有生以来第一次、令人难忘地逛过了娘娘宫。那天回到家,急着向娘、姐姐和家中其他人,一遍又一遍讲述在娘娘宫的见闻,直说得嘴巴酸疼,待吃过饭,精神就支撑不住,歪在床上,手里抱着妈妈给买的那把"双响"和空竹香香甜甜地睡了。懵懵懂懂间觉得有人拍我的肩头,擦眼一看,妈妈站在床前,头发梳得光光,身上穿一件平日用屁股压得平平的新蓝布罩衫,臂肘间挎着一个印花的土布小包袱,她的眼睛通红,好像刚哭过,此刻却笑眯着眼看我。原来她要走了!屋里的光线已经变暗了。我这一觉睡得好长啊,几乎错过了与她告别的时刻。

我扯着她的衣襟,送她到了当院。她就要去了,我心里好像塞着一团委屈似的,待她一要走,我就像大河决口一般,索性大哭出来。家里人都来劝我,一边向妈妈打手势,叫她乘机快走,妈妈却抽抽噎噎地对我说:

"妈妈给你买的'双响'呢?你拿一个来,妈妈给你放一个;崩崩邪气,过个好年……"

我拿一个"双响"给她。她把这"双响"放在地上。然后从怀里摸出一盒火柴划着火去点药捻。院里风大,火柴一着就灭,她便划着火柴,双手拢着火苗,凑上前,猫下腰去点药捻。哪知这药捻着得这么快。不知是谁叫了一声"当心!"这话音才落,"嗵嗵!"连着两响,烟腾火苗间,妈妈不及躲闪,炮就打在她脸上。她双手紧紧捂住脸。大家吓坏了,以为她炸了眼睛。

她慢慢直起身,放下双手,所幸的是没炸坏眼,却把前额崩得一大块黑。我哭了起来。

妈妈拿出块帕子抹抹前额,黑烟抹净,却已鼓出一个栗子大小的硬疙瘩。家里人忙拿来"万金油"给她涂在疙瘩处,那疙瘩便愈发显得亮而明显了。妈妈眯着笑眼对我说:

"别哭,孩子,这一下,妈妈身上的晦气也给崩跑了!"

我看得出这是一种勉强的、苦味的笑。

她就这样去了。挎着那小土布包袱、顶着那栗子大小的鼓鼓的疙瘩去了。多年来,这疙瘩一直留在我心上,一想就心疼,挖也挖不掉。

她说她"过了年就回来",但这一去就没再来。听说她丈夫瞎了双眼,她再不能出来做事了。从此,一面也不得见,音讯也渐渐寥寥。我15岁那年,正是大年三十,外边鞭炮正响得热闹,屋里却到处能闻到火药燃烧后的香味。家里人忽叫我到院里看一件东西。我打着灯笼去看,挨着院墙根放着一个荆条编的小箩筐。家里人告诉我,这是我妈妈托人从乡下捎给我的。我听了,心儿陡然地跳快了,忙打开筐盖,用灯一照,原来是个又白又肥的大猪头,两扇大耳、粗粗的鼻子,脑门上点了一个枣大的红点儿,可爱极了……看到这里,我不觉抬起头来,仰望着在万家灯火的辉映中反而显得暗淡了的寒空,心儿好像一下子从身上飞走,飞啊,飞啊,飞到我那遥远的乡下的老妈妈的身边,扑在她那温暖的怀中,叫着:

"妈妈,妈妈,你可好吗?"

/楼顶上的歌手/

—— 一个在极度压抑下浪漫的故事

一

那天早晨,忽有一块汲亮的、颤动着的光像发狂的精灵,在我房间里跑来跑去。当这光从我眼前掠过,竟照得我睁不开眼。我发现这块诡奇的光是从后窗外射进来的,推窗一看,原来隔着后胡同,对面屋顶上那间小阁楼正在安装窗子的玻璃。

我也住在阁楼上。不同的是,我的阁楼是顶层上的两间低矮的亭子间;对面的阁楼是立在楼顶之上孤零零、和谁都没关系的一间尖顶小屋。远远看,很像放哨用的岗楼。它看上去很小,而且从来没人居住。它为什么盖在楼顶上,当初是干什么用的,无人能说。这片房子是20年代英国人"推广租界"时盖的。只记得后胡同里曾经有人养过鸽子,有许多白的、黑的、灰的鸽子便聚到这荒废的屋子里,飞进飞出,鸽子们拿这小空屋当作乐园。现在有人住了吗?是谁搬进来了?

隔了十来天,黄昏时分,忽然一阵歌声如风一样吹进我的后窗。后胡同从来没有歌声,只有矿石收音机劣质的纸喇叭播放着清一色的语录歌和样板戏。那种充满霸气的吼叫和强加意味的曲调被我本能地排斥着。于是此刻,这天籁般的歌声自然就轻易地推开我的心扉了。

没等我去张望是谁唱歌,妻子便说:"是那小阁楼新来的人。"

女人对声音总是比男人敏感。

我们隔着窗望去,对面阁楼的地势略高一些,相距又远,无法看到那屋里唱歌的人。这是一个男性的歌声,音调浑厚又深切,虽然声音并不大,但极有穿透力,似乎很轻易地就到了我耳边。这时金红色的夕照正映在那散发着歌声的小屋,神奇般地闪闪烁烁。我分不出这是夕阳还是歌声在发光。

我第一次感受到声音是发光的,有颜色的。

这个人是谁呢?一个职业的歌手吗?从哪儿搬来的?他也像我们——抄家之后被轰到这贫民窟似的楼群里来的?对于楼顶上这间废弃已久的小破屋,似乎只有被放逐者才会被送到这里。

我相信我的判断。因为我的判断来自他的歌声。

一些天过去,我听得出他的歌声如同盛夏的天气时阴时晴。这声音里的阴晴是歌者心中的晦明。我还听得出,他的歌声里透出一种很深的郁闷与无奈。他的歌为什么从来不唱歌词?在那个"革命歌曲"之外一切都被禁唱的时代,他一定是怕这些歌词会给自己找麻烦吧。从中,我已经感知到他属于那个时代的受难者。

也许我和他是社会的同类。也许他随口哼唱出来的歌——那些名歌、情歌、民歌我太熟悉,也太久违了。我为自己庆幸。好像在沙漠的暴晒和难耐之中,忽然天上飘来一块厚厚的雨云,把我遮盖住,时不时还用一些凉滋滋的雨滴浇洒我的心灵。

我这边楼群的后胡同,其实也是他那边楼群的后胡同。后胡同自来人就很少。从我的后窗凭栏俯望,这胡同又窄又细又长又深,好像深不见底的一条峡谷。阳光从来照不进去,雨点或雪花常常落下去,但落下去一半就看不见了;下一半总是黑乎乎的,阴冷潮湿,冒着老箱子底儿那种气味。对面的楼群似乎更老。一色的红砖墙上原先那种亮光光刚性的表层都已经风化、粉化、剥落,大片大片泛着白得刺目的碱花。排水的铅管久已失修,大半烂掉,只有零碎的残管东一段西一段地挂在墙角。一颗凭着风吹而飘来的椿树籽在女儿墙边扎下根,至少活了二十年,树干已有擀面杖粗。

它们很像生长在悬崖石壁上的树,畸形般地短小,却顽强又苍劲。这些老楼里的人拥挤得不可思议,每间屋子里差不多都住着一家老少三代甚至四代,各种生活的弃物只能堆在屋外。不论是胡同下边的小院,上上下下的楼梯,还是阳台上。到处堆着破缸、碎砖、废炉子、自行车架以及烂油毡。最奇特的景象还是在屋顶上,长长短短的竹竿拉着家家户户收音机细细的天线,好像一张巨大的蜘蛛网笼罩着整片的楼群。然而,这种破败、粗粝而艰辛的风景现在并不那么难看了。因为它和神灵般的歌声融在了一起。

二

一切艺术中,最神奇、最伟大的莫过于音乐,莫过于歌。它无形无影,无可触摸,飘忽不定,甚至不如空气——挥挥手掌就能感到。但它却能够以其独有的气质与情感,改变它所充盈的空间里的一切。它轻盈我们轻盈,它沉重我们沉重,它恬淡我们恬淡,它激情鼓荡我们便热血贲张。一个地方只要有音乐,连那里的玻璃杯看上去也有感觉。这些被艺术家神化的声音,能够一下子直接进入我们的心,并轻而易举地把我们带进它的世界,心甘情愿地接受它美的主宰。

那时代,我活得可够劲。整个社会都疯了,我所供职的画院里的人们忽然都视艺术为粪土,都迷上了军装穿上军装,都把眼睛瞪得奇大,好像处处藏着"敌人"。对于我,离开了艺术的生活空洞无物,更何况整个生活充斥着那种与艺术相悖的东西。你躲不开它,又绝对不能拒绝它,还要装作顺从它——甚至热爱它。

不管为了什么,违心地活着都很累。

当我带着一天的倦乏回家,拉下肩上的挎包——此时已无力把挎包放在柜子或椅子上,而是随手往地上一扔,一转身仰面朝天倒在床上,心中期待的是对面楼顶上的歌声飘过来。

尽管他的歌是苦味的,有时很苦,很苍凉,但很动情;他的歌声还有一种很特别的磁性美,使我的心一直走进他的歌声里,一天里积存在浑身骨节和肌缝里的疲惫,便不知不觉烟一般地消散了。不仅如此,他的歌还常常会给我端起的水酒里添上一点滋味,感染得我和家人亲热时多一些爱意与缠绵。最令我惊奇的是,他的歌还像精灵一样钻进我的笔管里。白天在单位不能画画,下班在家便会铺开纸,以笔墨释怀。这时我发现我的笔触与水墨居然明显地多了些苦味,很像他歌里的那种味道。歌声能够改变画意吗?当然不是,其实这种苦味原本也潜在我的心底,只不过被他的歌声唤醒罢了。为此,我非但没有去抵制他对我的影响,反而喜欢在他的歌声中作画。

一天,我被他低沉而阴郁的歌声感动,一种久违的冲动使我急急渴渴在桌案上展纸提笔,以充沛的水墨抹上大片厚厚的阴霾。然而,他浓重的低音并不绝望,时而透出一种祈望,于是我笔下的阴云在相互交错中不觉地透出一块块天光。我情不自禁,还在云隙之间,用极淡的花青点上薄薄的蓝色。这是晴空的颜色。但它又高又远,可望而不可即。这是无限的希冀之所在,一块极其狭小的安放遐想之地,却又朦朦胧胧,远如幻梦。

后来,他的声音转而变得强劲。那种金属般磁性的音质渐渐有力地透露出来。这一瞬,我看见在画面的云天上,飞着几只乌黑的大雁,它们引颈挥翅,逆风而行,吃力地扇动着翅膀。我在画这些顶风挥舞的雁翅时,好像自己的臂膀也在用力,甚至听到这些大雁与强风较劲时肩骨发出的咯吱咯吱声。我忽然想,这苦苦挣扎却执意前行的大雁所表现的不正是一切生命本质中的顽强?

我彻悟到,人的力量主要还是要在自己身上寻找。别人给你的力量不能持久,从自己身上找到的力量,再贯注到自己身上,才会受用终身。

也许为此,这样题材的画我不止一次地画过。奇妙的是,每次画这些逆风的大雁耳边都会幻觉般地出现那天听到的歌声。

我个人生活的一段时光是和他的歌声在一起的。

我很幸运。因为那是我生命中极度贫乏的一段日子。

和歌声在一起是奇妙的。它与我似伴相随。

它进入我的生活时,是随意的,自由的,不知不觉的;它走出我的空间时,也随意而自由,像烟一般地飘去。它从不打扰我。他的歌很少完整地从头到尾,似乎随心所欲,想唱就唱。有时一段歌反复地唱,有时只唱一两句就再没声音。他是绝对自我的,完全不管也不知道我的存在。这反而使我很自由,完全不必"应酬"他。人和音乐所进行的是两个心灵奇妙的"对话"。当心灵互不投机时,人与音乐彼此无关;当两个心灵互相碰撞一起,便一下子相拥一起了。我和这歌手也如此,有时他的歌与我的心情不一致——我就不去用心倾听它。我与人聊天说话或者独自沉思时,它仅仅是一种远远的背景。就像身后的一幅画。

白天里很少听到他的歌,大多是他下班归来,所以他的歌总是和黄昏的夕照同时进入我的后窗。

由于他不唱歌词,歌中内容多是代以"呵、噢、啦、哎、呜",类似歌手练习发声,但他在这字音里注入很多情感。这种无歌词的哼唱听起来就更像是音乐。有时他还会唱一些著名的钢琴曲或交响曲的旋律。这些旋律一直刻在我心里。他一唱,我就觉得旧友旧情亲切地回来了。

虽然他的歌不是为我唱的,却不时会与我共鸣。有时我像站在山这边听他在那边"自言自语",有时却一下子落入他歌的深谷里。这些歌于我,常常勾引回忆,焕发想象,抚慰心灵,诱发爱意。它能使我暂时忘掉身边的苦恼,但当我离开这些歌,回到现实中,我会感到更苦恼、更茫然。

渐渐地,他的歌已成为我生活的一部分。

如果一天两天听不见他的歌。我会想他,猜他,为他担心。但是他人长得什么样?我看不清楚。他大多时间待在屋里,偶尔会到屋外——也就是对面楼群的房顶上站一站。或在晾衣绳上晾晒洗过的衣物。我最多只能知道,他中等略高的身材,瘦健,头发似乎较长。眉眼就绝对看不清了。除此之外,我对他一无所知。

但我知道他的心,他的气质与情绪。这全来自于他的歌。

歌声就是歌手本人。因为歌是歌手外化的灵魂。由此说,我已经和他神交了。

一天,天降急雨。因为是北风,我怕雨水溅进屋,关上后窗。忽然一阵歌声混在雨声里,这支歌一听就立即感动了我。它很伤感、无奈,还有些求助的意味。它穿过密密的雨一直来到我后窗前,粘在我的玻璃上。风儿一个劲儿地吹我的窗,好像有人在外边哐哐地推。不知道为什么,我打开窗放它进来。一瞬间,我感觉这歌声仿佛是淋着雨进来的,好像一位顶着雨来串门的老朋友。

三

忽然一天,妻子站在后窗边,手指着楼对面叫我去看。她发现,歌手那边的窗边有个新的人影。鲜黄的衣色,黑色长发,显然是一个女人。这人是歌手的妻子吗?新交的女朋友吗?一年多来,那阁楼上只有歌手孤单一人,从没见过任何别的身影。

他一直很孤独,这是他的歌告诉我的。

但从那天起,我听得出他的歌发生了变化。歌声里边多了些新鲜的东西。有更多的光线与色彩,还有明媚的花朵,柔和的风,慢慢行走在天上的洁白无瑕的云,静谧的月色与奔涌的激流……而这些美好的事物好像实实在在就在眼前。

我妻子说:"他在恋爱了。"她微笑着。

我望着妻子含辛的脸庞上柔和的目光。忽然感受到我们的生活和我们自己。脑袋里冒出一幅画来:大风大雪中,幽暗的密林深处一双小鸟相互紧靠在一起。我马上把心中这个画面画下来,即兴还写了四句诗:

> 北山有双鸟,
> 老林风雪时。
> 日日长依依,
> 天寒竟不知。

妻子看罢,对我打趣地说:"你现在还在恋爱吗?"

我望她一眼。她依然是那种天生而不变的柔和的目光,脸上茹苦含辛的意味却一扫而空。

这之后歌手的歌愈来愈明亮,声音也明显高昂起来。一天黄昏,他居然唱起那支古巴民歌《鸽子》,而且连歌词也唱出来。歌声与夕阳一同把我们后窗遮阳的窗帘照得雪亮,歌中最高亢的含着那种金属质感的磁性的声音混在一束强烈的阳光里,穿过窗帘上一个破洞,雪亮地直射进来。这使我们很激动。在那个文化真空的时代,一时好像天下大变了。

突然后胡同一个男人粗声一吼:"谁唱的? 派出所来人了!"

歌手和歌好像被轧刀'咔嚓"切断,整个世界没声音了。严酷的现实回到眼前。

我想,那个叫喊的男人,多半嫌歌声太大,打扰了他。但这一吼过后,歌声戛然而止,立即消失,整个世界因突然无声而显得分外的空洞与绝情。

我真的担心歌声由此断绝。但一周之后。对面楼顶上的歌声渐渐出现。开始只是断断续续,小心翼翼,浅尝辄止,居然还夹着一点语录歌的片断。随后,他又像以前那样唱歌 —— 没有歌词;没有歌词就安全,因为住在后胡同里那些人没人懂得他唱的是什么。而由此他的音量始终控制得比较轻。令我奇怪的是,他的歌中那些光线与色彩却变得含糊了,内含犹疑了,甚至还有些缭乱不安。他要向我诉说什么呢?

四

一个月后,歌手的歌无缘无故地中断。是由于那次唱《鸽子》被人告发,还是出了什么事或是病倒了?

我总在猜。

妻子说:"要不你到那楼上瞧瞧去。他一个人,如果真的病倒了呢?"

没想到,我们已经把这个不曾认识,甚至连长相都不知道的人,当作朋友一样关切了。

若要进入他那片楼群,先要走出我这片楼,绕到后边一条窄街上,寻一个楼口进去。

他这楼群是十几排楼房组成的。他在哪一排?我事先观察了地形,估摸好他那楼的位置和距离,但真的走进这片老得掉牙的楼群里,马上转向,纵横迂回了半天,还是扎进了一条死胡同。又费了很大劲,总算找到他这排楼。可是一排楼有许多门,哪个门通向楼顶上歌手那个阁楼?我看见一位矮胖的大娘站在楼前,上前询问。

矮胖大娘显然是街道代表一类人物。叫她大娘时,她一脸肉松松地微笑。待一打听那歌手,她腮帮的肉立即紧绷,小眼睛警惕地直视着我,好像发现了"敌情"。总算我还机灵,扯谎说我是东方红电机厂毛泽东思想宣传队的,想找那人去唱革命歌曲,尽管她将信将疑,还是告诉我应该走哪个门。

这种年深日久的老楼的楼梯,差不多都只剩下一半宽窄的走道,其余地方堆满破烂,全都蒙着厚厚的尘土;楼梯的窗子早都没有玻璃,有的连窗框也没有,不知哪年叫一场大风扯去的;墙壁上的灰皮大块大块地剥落下来,露出砖块;顶子给烟熏得黑乎乎,横七竖八地扯着电线。做饭时分,家家门口的煤球炉子都用拔火罐,辣眼的浓烟贯满楼梯上下。

我从中穿过,直攀楼顶,一扇小门从乳白色的煤烟中透出来。我屈指敲了敲门,里边没声音,手指再用点劲,门儿径自开了,没有上锁,看看门框,也没有锁。

眼前的景象使我惊呆。说老实话,我从没见过如此一贫如洗的房间。七八平方米小屋,家徒四壁。墙上除去几个大小不同、锈红的钉子,什么也没有。用码起的砖块架着的几条木板就是他的床。一个旧书架,上面放着竹壳暖瓶、饭盒、碗盆、梳子、旧鞋、药瓶;只有几本书,都没封皮,我却看得出其中半本旧书是屠格涅夫的《猎人笔记》,因为书中有些写得极美的段落我能背诵。小屋里既无柜子,也没桌椅。墙角放着两个装香烟的纸箱子,大概是放衣服的。我着意看一眼果然是,一只装干净衣服的,一只盛脏衣服的。

我真不解,就这样几乎一无所有的地方,一年多来,竟给了我们那么丰盈、深切充满美感的抚慰和补偿!

其实,这才正是艺术的神奇与伟大。不管物质怎样贫乏内心怎样压抑,它都能创造出无比丰富的精神和高贵的美来。

我从他的窗子向外张望,对面正是我住的楼房,再往下看,是我的阁楼。换一个位置看自己的家的感觉挺有趣,就像站在镜子前瞧自己。此时,我妻子好像正在窗子里抬头望我。她很想知道我看到了什么吧。我向她打手势,太远,她肯定看不清。我想告诉她,我看到的远远比我想看到的多得多。

十天后,外边忽然又传来他的歌声,他重新"出现"了。我和妻子在惊喜之时,不约而同地屏住呼吸,从他的歌声里询问他的一切。

这次的歌,婉转低回,郁闷惆怅,宛如晚秋的风景一片凋零。所有树木光秃秃的枝条都无力地低垂着,枝梢俯在地上,并浸在凹处冰冷的积水里。不用再去分辨,我坚信这是失恋者的哀伤。从这歌声里知道,他没有患病,却看到十多天来他身上发生了什么。他的歌最多只是几句,断断续续,似乎每次唱,都是难耐的痛苦的一种释放。失恋中的苦与爱是同步的。从中我听得出昨日的爱在他生命中的位置。

她为什么离开他?不知道。歌声里只有情感没有叙事。

这天傍晚,我的一位画友在我家吃饭。我这位朋友住在老西开那座天主教堂的高墙后边。他最初画水墨,近些年改画油画,画得很抽象。他画中怪异而冷峻的变形缘于心中的变态,他笔下那些畸形的形态张显着内心的扭曲。

我问他:"你不怕这种画会给你找麻烦?"

他说:"那些人不像你,他们不懂画。我会对他们说,我的画还没画完,或者说我刚学画,还画不像。"

我笑道:"这是绘画的好处。作家不行。作家都是白纸黑字,弄不好一句话就招来大祸。"

妻子在餐桌摆上炒鸡蛋、炸花生、拌黄瓜、猪肉丸子汤,还有一瓶刚从凉水盆里拿出来的啤酒,这便是那时代上好的家宴了。酒到半醒时,后窗外传来那歌手很轻的哼唱。我的画友问我:"这是谁在唱?"我便讲了对面楼顶上的那位歌手。从一年多前他搬到对面那阁楼上,一直讲到这些天发生的事。还讲到他的歌和我的感受,以及我对他的造访和他的热恋与失恋。我的画友问我:"直到今天,你也不知道他的模样吗?"

"从未见过。长什么样根本不知道,姓甚名谁更无从得知。"我说。

我的画友笑道:"有意思。可你却是他的知音。不,应该说你是他这世上唯一的知音。哎,他知道你吗?"

"不!"我说,"他可能根本不知道我的存在。"

我的画友忽然停住不再说话,手中的筷子也停下

来,因为歌手那边又轻轻唱起来。我的画友听得用心,仿佛也有些投入了。他忽发感慨地说道:

"原来失恋不单苦,也这么美。"

我说:"在艺术中,痛苦的东西愈美就愈深切。"

五

我对大地震的亲身体验是,第一下并非左右剧烈摇摆,而是突然向上猛地一弹,所有东西和人都往上猛地一蹦。我妻子对大地震的体验是门框下边才最安全。她当时摔倒在门框下边,地震时屋里屋外砖瓦落如急雨,但凭仗着门框的保护她居然没受到一点伤。

这次全世界都知道的大地震总共摆了四十秒钟。我楼下的邻居后来说,他们听到我从始至终一直在拼命叫喊,我说我不知道。据说这种喊叫是人的一种本能的反应,是在释放心中的恐怖,自己并不知道。但在那地动山摇时,我却听到两声来自后胡同的高声的呼叫。我太熟悉歌手这种带着磁性的声音了,但我怎么也不会想到这是我听到的他最后的声音。

大地震的第二天,我爬上自家的破楼,在坍塌的废墟——成堆的瓦砾里,寻找可用和急用的衣物。地震中,我的屋顶没了,一切全暴露在光天化日之下;

房间靠后胡同那面大墙，带着后窗户一起落下去。现在对面的楼群一目了然。我像站在一座山顶，看另一片山，感觉极是奇异。这片上了年纪的老楼早已松松垮垮，再给大地一摇，全像狼牙狗啃过了一样。突然，一个景象闯进我的眼中，令我愕然。对面屋顶那歌手的小屋消失了，成了一堆砖头瓦块，远远看，像一个坟冢。

他呢？被砸了还是侥幸逃生了？

两年后，我的小阁楼修复了，只是把原先厚重的瓦顶改成简易的木顶。但对面歌手那小屋却一直没有重建。待他那堆震垮的瓦砾清除干净后，整片楼顶重新铺过油毡，黑黑的，一马平川，反射着刺目的光，看上去很异样。望着对面这空荡荡的屋顶常常牵动我的是那歌手的下落，他是否还在人间。

我又到他那片楼里去了一趟。此时"文革"已然结束，再去打听那位歌手不必提心吊胆。奇怪的是，那楼里的邻居竟连他叫什么也说不清楚。只知道他地震中受了伤，被人抬走了。但他被谁抬走的，抬到哪儿去了，没人知道。

那时代，人对人知道得这么少。

六

三年后的一天晚上,我到不远的"三角地"那边的地震棚去看一个朋友,聊天聊得太长,回来已经挺晚。街上很黑,也很静。秋叶清新的气息呼吸起来很舒畅。走着走着,后边传来一阵歌声,像风一般吹到我的背上。我立即被热烘烘地感动起来。这歌是那时候传唱最广的《祝酒歌》。欢悦里边含着很深的苦涩和伤感,这是那个时代特有的情感。然而我不只是为这支歌而感动,更让我惊喜地发觉——哎呀,不正是那失踪已久又期待已久的歌手的声音吗?真的会是他吗?

我扭过头,只见唱歌那人骑着车,从街心远处一路而来,歌声随之愈来愈近。可是在这短暂的时间里,我又不能立即确定这就是那歌手的声音。因为我听过他的歌是没有歌词的,现在却唱着歌词。这声音听起来就有点似是而非了。就在犹疑之间,唱歌的人骑车从我身边擦肩而过。这一瞬,我看清楚了他,一个中年男人,头发向后飘着,瘦削的脸上线条清晰,眉毛很深,他唱得很动情,神情完全投入到歌里边去了。可是我从来没见过他呀。反倒是愈看清楚他,愈不能断定了。跟着他已经跑到我前面十几米远,马上就要走掉,我心一急,一举手,待要招呼他,却忽然控制住自己。如果他不是那歌手,不是会很尴尬,而且更失落吗?世上的事,有时模糊比弄清楚更好。希望不总是在模糊中吗?于是我伫立街心,目光穿过黑夜,跟着他的身影与歌声一同远去,直到消失在深邃的夜色里,我却还在下意识和茫然地举着一只空手。